新潮文庫

太陽・惑星

新潮社版

11579

目次

太陽・惑星

太陽

厳密に言えば、太陽は燃えているわけではない。

燃える、という現象は熱や炎を伴った急激な酸化を指すものであって、太陽の輝きはそのような物質と酸素が結合する現象とは違うものである。あれは、原子核同士が融合しているのだ。最も単純な元素であるところの水素原子四個が核融合し、ヘリウムへと変化する。その時、元の水素と出来上がったヘリウムの総質量に差異が生じ、差分の質量がエネルギーとして解放される。莫大《ばくだい》なエネルギーと地球上の人々の目には映るが、それはあくまでも、日常生活の場において質量がエネルギーに転換されることがないためであって、つまりは慣れていないからだ。太陽にあってそれは、ありきたりな現象に過ぎない。むしろエネルギーは足りないという言い方もできる。核融合の連鎖によって太陽は輝き続けているのだが、太陽においてはそれもヘリウム同士の結合までしか進まない。もっと質量のある恒星であったなら、鉄くらいになってようやっと安定するのだが、太陽の場合そこまでいかない。エネルギーが足りない。ただ、太陽より質量のある恒星であっても、鉄より先に核融合を進めるとなると、鉄がかなり安定した物質であることもあり、これはもう相当なエネルギーが必要になる。木炭が燃焼を進めるにしたがって、周辺から中央部に向かって灰になっていくのとちょうど反対に、恒星は中央から鉄になっていく。鉄化しながら、輝き続けるのだ。そうして質量がある閾値《しきいち》を越えると、いずれは自重に耐えられなくなる。押しつぶされ、爆発する。爆発のエネルギーによって鉄より重い元素へと核融合が進む。ウランにプルトニウム、イットリウム、ジルコニウム、ヨウ素、キセノン、セシウム、ランタン、銀、プラチナ。——そして、金。

そのようにしてようやく金は生まれる。が、これはある閾値を越えた質量を持つ恒星の話であって、太陽のことではない。

そのため、

金だ

金

金

金が必要だ

と切実に願う、太陽から数えて3番目の惑星の住人、春日晴臣《かすがはるおみ》の欲するものは太陽からは生まれない。もっとも、彼がこの時欲していたのは金であって金ではない。だが突き詰めて考えるとどちらでも良いとも言える。金は人々の社会にて高値で取引され、少量の金で多くの金を得ることができるからだ。しかしさらに突き詰めてみると、そのどちらをも必要としていないとも言える。この時の春日晴臣にとっては目の前のデリバリーヘルス嬢が彼の望みどおり性交をさせてくれるのであれば、そもそも金など必要ない。大学の教授職にある春日晴臣は毎月第2・第4金曜日は女を買うことに決めている。春日晴臣はこの日、通常通り講義を終えると彼の大学では専任教員のみに与えられる個室に戻って荷物をまとめ、電車に乗って新宿に出た。それから講義の合間に熱心に選んだデリバリーヘルス店に電話をかけ、女性を指名した。最初に尋ねた女性は既に予約で埋まっていたが、その程度で慌《あわ》てる春日晴臣ではない。このような状況も想定していた彼は、第1希望から第5希望までを選んでいた。第3希望まで振られ続けたが、第4希望の女性は空いていた。不満は残るものの、新宿のホテルにてデリヘル嬢の到着を待ちながら、春日晴臣は膝《ひざ》を揺すり始める。いわゆる貧乏ゆすりというものだが、若かりし頃の努力と忍耐が実って、今や大学の専任教授となった春日晴臣は国内平均所得の倍以上の給与を得ている。しかし准《じゅん》教授から教授へと昇格した際に始めた投資の調子が芳《かんば》しくなく、近頃自由になる金は乏しい。信用枠を使った株取引で予想とは逆の値動きがあったのだ。明日の金に困るわけではないが、自由になる金が一定額を下回ると不安から目を逸《そ》らせなくなってしまう春日晴臣にとってみれば、おちおち女など買っている場合ではない。しかしながら、彼は買う。この習慣を守ろうとする意志は固い。

ドアがノックされ、乾いた室内に音が響く。春日晴臣は貧乏ゆすりをやめて立ち上がり、ドアを開く。目の前に立つ女性を見て、しめた、と思った。想定よりも整った顔立ちをしている。さらに言えば、春日晴臣好みでもあった。店のHP上の目元にぼかしが入った写真では、顔と体の輪郭から判断するしかないのだが、これは当たりだ。さすが俺だ。春日晴臣は女性の上から下までをじっくり見て自らの性欲を掻《か》き立ててから、相手を招き入れる。狭い部屋である。ベッド脇《わき》には小さなサイドテーブルだけがあり、椅子《いす》もない。女性は塗装の剝《は》がれが目立つ合皮のバッグをテーブルの上に置き、上目遣いで春日晴臣を見る。アーモンド形の大きな目が口元の笑みに映える。シャワー浴びていいですか？　と女性が聞いてくる。いいです、いいです、入りましょう、それにしても君かわいいね、今日はついてるよ、と春日晴臣は歯の隙間《すきま》から空気が抜けるようないつもの早口でまくし立て、衣服を脱ぎ始める。上着を脱いでベッドに置き、ベルトを外してするりとスラックスを脱ぐ。YシャツとTシャツを順番に脱ぐ。パンツも脱いで身に着けるものは靴下のみとなった。その格好で、ハンガーにTシャツを着せかけ、その上からYシャツを、さらにその上にスーツの上着をかける。スラックスは別のハンガーにかける。最後に靴下を脱ぐ。慣れたものだ。見ると、女性も既に全裸になっている。春日晴臣は女性の裸を見て意気消沈する。顔の美しさに比べ、体はそれほどでもない。春日晴臣は乳房に大きさを求めるタイプではないが、形と色にはこだわるタイプだ。服の上からではこればっかりはわからない。春日晴臣の見立てによると女性の胸はDカップかEカップはありそうだが、若いのに少し垂れ気味だ。乳首の色も黒ずんでいて興を削《そ》がれる。でもまあいい、なんにせよ顔は非常に好みなのだから、と気を取り直して春日晴臣は女性の手を引っ張りシャワールームに入った。春日晴臣はここでさらに興醒《きょうざ》めな事実に気づく。湯加減は大丈夫ですか？　他に洗って欲しいところはないですか？　機械的に要望を聞いてくる女性の左手首にピンク色の隆起が見える。おいおい、と春日晴臣は思う。彼はリストカット跡のある女性は苦手なのだった。受講する学生の中にもたまに同様の傷跡がある者をみかけるが、たいていは女性である。これは一般的な傾向だろうか？　それとも俺が男の手首には注意を払っていないだけだろうか。いずれにしろ、リストカットをする人間の存在は彼を苛立《いらだ》たせる。が、その苛立ちの根元に、彼は関心を持たないことにしている。春日晴臣は腹立ち紛れに、泡立てた石鹼《せっけん》で胸の辺りを淡々と洗っている女性の体を乱暴に抱き寄せ、滑る肌の感触を楽しむとともに、おもむろに女性の唇に自分のそれを合わせ、美しい顔を観察した。女性は抵抗しない。しかし女性の顔を観察する内、またしても興醒めな事実に気づく。なんだよ、整形かよ。擦《こす》れる鼻の感触、間近でみるとわかる目頭の切開跡、探せばもっと痕跡《こんせき》を見つけられるかもしれないが、これ以上気勢をそがれたくない春日晴臣は一度目を瞑《つぶ》り、それからゆっくりと開くと、もう観察するのを止《や》めることにして、ただ女の感触を楽しむことに決めた。下手に顔が好みであったから期待してしまっただけだ。整形だろうが、胸が多少垂れていようが、関係ない。トータルで考えると十分当たりといえる女じゃないか。第2と第4の金曜日にはしっかりと興奮しておかなければならない。春日晴臣は先にシャワールームを出て、タオルで体の水分をふき取り、ベッドに腰掛けて女性を待った。

さて、一通りのサービスを受け終えてからが春日晴臣の本領発揮である。射精を終えた春日晴臣は交渉を開始する。デリバリーヘルス店から禁じられている性交の要求である。もちろんただでとは言わない。いくらだと受けてもらえるのか？　駄目ですよ、と女性は答える。金の授受の伴う性行為は店から禁じられているだけでなく、そもそも違法だ。もちろん春日晴臣もそんなことは百も承知である。しかしながら百戦練磨の春日晴臣はその程度では諦《あきら》めない。金を積んでみせ、といっても二、三千円単位の小刻みで増やしていき、落とし所を探る。春日晴臣の経験によれば、難色を示す女性であっても半数程度は金額次第で受けてくれる。今回の女はいかにも押しに弱そうだからいけるだろうと踏んでいたが、女性はなかなか首を縦に振らない。春日晴臣はシチュエーションそのものに興奮を覚えだす。ついつい歯止めが利《き》かなくなり、気がつけば十万円を提示していた。これは破格の金額である。通常の料金に加えて五千円程度、高くてもせいぜい二万円、それを超えた場合は縁がなかったものと諦めて深追いしないのが常だったが、この時は違った。投資で負けが込んでいたことも影響したのかもしれない。金のことが気になって仕方がないのに、女を買うための金額をやみくもに吊《つ》り上げていくことが妙に気持ちいいのだ。だが、春日晴臣に十万円もの手持ちはない。銀行口座にはあるが、投資の状況に鑑《かんが》みると追証《おいしょう》を求められる可能性もあり、動かしたくない。ああ、と春日晴臣は嘆息する。

金だ

金

金

金が必要だ

もっと莫大な金が。だがそうこうする内に、倒錯した興奮も徐々に収まってきて、十万円は高すぎると考え直す。金を積めばなんとかなると思っている俺と、汚物でも見るような目付きで首を横に振り続ける美しい女。そして俺は金が足りない挙げ句に、要求を引っ込めるのだ。さらにこの場から去り家に帰ってしまえば、俺の人生にはなんの影響も出ない。女や金に絡《から》む劣情が満たされ、彼は安堵《あんど》に浸る。二人は黙々と服を着込み、ホテルを後にする。

春日晴臣の相手をした女性、高橋塔子《たかはしとうこ》は一人になるとデリバリーヘルス店に連絡を入れる。暗転したディスプレイに映る自分の顔を意外なものでも見るようにしばし見詰めてから、それをバッグにしまい、待機所として使われている坂の途上の古いマンションの一室に戻った。高橋塔子はその店で「ほのか」という名前で登録されている。「ほのか」の前にも彼女は別の名前を持っていた。つい先月まで彼女は「柳原未央香《やなぎはらみおか》」としてアイドルになるための準備に勤《いそ》しんでいたのだった。春日晴臣は整形手術跡を見逃さなかったが、それも芸能界デビューの下準備の一つだった。もちろん顔を整えるだけでアイドルになれるわけではない。いつの世も大衆が求めるのは話題性である。それも、高レベルの幸福や不幸に対しての許容度を表す数値、いわゆるグジャラート指数が平均65以上と、先進国の中でも比較的高い日本においては、相当にひねった話題を提供する必要がある。二十歳になりたての高橋塔子を新宿で拾った芸能事務所の社長は、特徴的な経歴が欲しいと考え、彼女の身の上話を根気よく聞き出そうとした。そして唯一《ゆいいつ》引き出せた、裕福な父子家庭で育ったという彼女の友人の話を拝借して、「斜陽貧乏アイドル」というキャッチフレーズと柳原未央香の半生のエピソードを作りあげていった。「貧乏アイドルを超えるインパクト！　人には言えない謎《なぞ》の五年間を経た後にデビュー。お母さまを探してます」という触れ込みで、十五〜二十歳の間は謎の期間とされ、テレビや雑誌の取材で聞かれても「それはちょっと言えないです」と答えることになっていた。芸能事務所がその線でプロモーションをかけると、漫画雑誌と深夜のテレビ番組が話に乗ってきてデビューが決定した。前者では柳原未央香の斜陽エピソードを交えたグラビアを、後者では本人が演じる半生の再現ＶＴＲを取り上げてもらえることになり、双方とも撮影を終えていた。だが結局それらが日の目をみることはなかった。デビューが差し迫ったある日、数年前から「貧乏アイドル」として活動していた女性が自殺し、グラビアもテレビも自粛のため話がなくなってしまったのだ。

一度ミソがついてしまうと、再び売り出しのための気運を高めるのは難しくなる。加えて、芸能事務所社長の愛田《あいだ》創太《そうた》は、2011年3月11日の地震以降流れが変わったことを感じ取っていた。不幸を売り物にするのは以前ほど簡単ではないだろう。面白おかしく、非人道的なレベルすれすれまでおちゃらけてやれば売れるはずだと確信があったのも、既に過去のことだ。完全に流れがない、と彼は判断した。今では、さてどのように撤退するか、という考えに移行している。売り出しの準備にかかった金をどのように回収するか。どのように高橋塔子を納得させるか。愛田創太のくどくどしい言い訳を聞かずとも、高橋塔子は彼の意図を読み取ることができた。手首の傷跡を撫《な》でる彼女は、柳原未央香の名をとうに手放していた。親友の死をきっかけに十代で出奔した彼女は、様々な名前をまとっては捨てて生きてきた。愛田創太と知り合った新宿のキャバクラでは香織《かおり》と名乗り、その前の店でも別の偽名を持っていた。さらに言えば親元にいるころから、彼女は親友との間では、本名とは別の名前で呼び合っていた。捨てた名前とともに、それに付着した垢《あか》のようなものも脱ぎ去れると二人は思っていた。どこかに近付いているような気もしたが、それが好ましい場所なのかどうか彼女たちにはわからなかった。今ではもう、最初に付けられた名前を思い出すことすらなくなっている。

「柳原未央香」は背負った不幸を隠さないことで奇をてらう方針であったため、リストカット痕も隠さない予定だった。アイドルとしての彼女は自傷癖を克服したという設定になっており、そう決められると実際にリストカットをやらなくなりもした。傷跡を指摘されたなら、「そうなんですよ。辛《つら》いことが多すぎて」と答えることになっていた。これは受けるはずだ、と2011年3月11日以前の愛田創太は考えていたのだが、確かに地震が起こらなければ勝算は十分にあったかもしれない。と言うのも、当時の日本において人々の平均グジャラート指数は上昇の一途をたどり、あのままの調子なら70を超えることは間違いなかったからだ。だが震災の影響で平均グジャラート指数が一気に低下した。その場合、アイドルが不幸せを、それも少女の内に虐待《ぎゃくたい》を受けていたことを売りにして世間の目を引くのは、あまりにも不謹慎ということになる。結果として、柳原未央香の売り出しにかかった資金を回収するために、高橋塔子はほのかとしてデリバリーヘルス店で働かねばならなくなった。公《おおやけ》に共有されない不幸は弱者の下に留まり、彼または彼女を傷つけ続けることになる。日本の平均グジャラート指数が今後再び順調な上昇に転じていくことを考えると、一部の人間だけに負担を強いるというのは不当なことだと言える。

直接的には愛田創太の口車に乗った形だが、高橋塔子は愛田創太が説得に使った言葉を覚えていない。覚えているのはその時の彼の表情だけだ。その表情は彼女にとって馴染《なじ》みのあるものだった。目を見開き、鼻孔を拡《ひろ》げ、こちらを圧しようとする顔。逃れようとしても、逃げたその先に同じ顔をした者が必ず待ち受けている。出奔してからこちら、散々目にしてきた顔だ。高橋塔子はいつしか、男たちの欲求に巻き込まれる自分の身体《からだ》や感情を、余所事《よそごと》のように扱うことができるようになっていた。しかし何かの拍子に強い感情が吹き荒れ、普段の従順さから一転し、全部を拒絶することしかできなくなる場合があった。さきほど春日晴臣がねちねちと金額を吊り上げていった時も、彼女の脳裏は憤怒《ふんぬ》で真っ赤に燃え上がり、自分の値段の高騰《こうとう》ぶりに呆《あき》れることもなかった。ホテルを離れた今でも肺が膨張したようなむかつきがある。高橋塔子は金のことを嫌悪《けんお》している。全《すべ》ての金が人を従わせることを存在目的としていると彼女は見做《みな》しているようだが、それは偏《かたよ》った見方であるとも言える。

大抵の人間は金をなるべく多く集めようとするものだが、中には金を作ろうとした者までかつていたのだ。錬金術師と呼ばれる者たちのことである。古代ギリシア時代、アリストテレスが万物は、火、地、空気、水、の4つの元素から出来ていると見做し、元素を分解し組み直せばあらゆる物質が生成できるのではないかと発想したことからそれは始まった。試行錯誤の結果出来上がったものは金ではなく、不恰好《ぶかっこう》な混ざりもの、鈍く光る真鍮《しんちゅう》に近い物質だった。その後イスラム世界へと引き継がれ、魔術的な様相を呈しはじめた錬金術は、最も濃密なコミュニケーションの一つであるところの戦争によって西ヨーロッパに伝わる。金を得ようとする過程で、様々な成果が別に上がった。蒸留技術が進歩して高純度のアルコールの精製が可能となった。火薬も偶然に発明された。硝酸、硫酸、塩酸、王水等の科学的効用のある溶液が発見された。錬金術師たちが溶液の研究に勤しんだのは「万物溶解液」を作ろうとしたからだ。物質を溶かし、4つの元素に分解することで、あらゆる物質を生成する端緒とする。だが硫酸で物質を溶かし込んだところで、4つの元素に分解できるわけもない。そもそも元素は4つだけではなかったし、核融合させなければ金は作れないのである。西洋に伝わった錬金術は袋小路に入り込むことになる。一方、東洋で別個に発祥した錬金術は、仙人へといたる道であると考えられていた。不老不死の薬「仙丹」の生成が東洋錬金術の目的であり、金の生成はあくまで仙人になるまでの生活費を得る手段とされていた。西洋錬金術においても、「エリクサー」と呼ばれる不老不死の妙薬の生成が究極目標の一つとされていたのだが、東西の錬金術はともに、不老不死の妙薬はおろか金の生成にも至らなかった。金を作れるほどに核融合を進めるには、太陽でも足りないほどの莫大なエネルギーが必要なのである。極限まで挑戦し、それでもできなかった以上、別の方法を模索するより他ないだろう。例えば、春日晴臣の所属する大学から離れること1万4000㎞、アフリカ大陸中央部でドンゴ・ディオンムが金を得るために取った方法は、金を生成するよりも遥《はる》かに効率的だった。

ドンゴ・ディオンムは金を得るのに生物の繁殖を利用した。彼が生産したのはもっとも身近で、かつ高値で売れる生物であるところの人間だった。ドンゴ・ディオンム自身も同じ種に属しているのだが、彼は同族意識にとらわれない観点に立って稼業《かぎょう》に精を出していた。六人兄弟の3番目の子供として生まれたドンゴ・ディオンムは、時のフランス政府の気まぐれな援助によって近所に建てられた学校に八歳からの三年間通った。学業の成績は常に一番優秀だったが、そんなことは両親にとってはどうでも良いことであったし、そうである以上当の本人にもどうでも良いことのように思えた。もしも、学校に通わなくなった一年後に実施されたIQテストをドンゴ・ディオンムが受けていたなら、彼は圧倒的なスコアを叩《たた》き出したはずだった。特待生としてフランスに渡り稼ぎの良い弁護士になったディオマンシ・ファルの幸運は、ドンゴ・ディオンムにこそ訪れるべきものだったのだ。だが現実には彼は兄弟と同じ扱いを受け、農園で働かされた。もしあのまま学校に残っていたならば、比較にならない量の金を得ていたかもしれないのに、残念なことだ。ただし、稼ぎ出した金の量に着目するとしたならば、結果的にはドンゴ・ディオンムも十分健闘したと言える。彼には彼の錬金術があったからだ。自らの体を用いて女性を妊娠させ出産した子供を販売することで金を得る。この方法により、彼は自国の平均所得の10倍以上の収入を得ていた。

しかしドンゴ・ディオンムの経験上、この稼業もそろそろ切り上げ時だった。人身取引にうるさい欧米諸国のジャーナリズムが工場の存在を知ったことに勘付いたからだ。彼らが問題視する場合、遠からず対策が打たれる。ドンゴ・ディオンムが子供の頃にも、児童労働が問題視されたことで、彼の働く農園が摘発されたことがあった。プランテーションの労働環境は経営主によって異なるが、ドンゴ・ディオンムがいた農園は働きやすい部類だったと言えるだろう。監視は緩く、疲れると各自が勝手に休むため、日によって生産性にかなりの波があった。労務管理はいい加減なものだったが、作業量が少なくなりすぎれば監視の目は厳しくなった。が、それにしても一週間もすれば元の緩やかな体制に戻る。騒ぎを起こさず生産性を下げなければ、子供たちは放っておかれた。そのことに気づいた十歳のドンゴ・ディオンムは子供たちを組織し、交代で休憩を取らせ、作業量をチェックするようになる。ドンゴ・ディオンムの傘下《さんか》の児童就労者たちは、農園が許容する範囲内で最大化した自由を満喫していた。ある時イギリスの公共テレビ局が製作したドキュメンタリー番組がきっかけで、ドンゴ・ディオンムの住む地域で親が子供を農園に売り劣悪な環境で働かせていることが問題視された。西側諸国の世論が高まり、ドンゴ・ディオンムの働いていた農園も摘発された。出稼ぎ先を失った子供たちの家族に、彼らを養えるだけの余裕はなかった。少女たちは別の場所に売られていきその多くは自覚もないままに娼婦《しょうふ》となって、その他の少年、例えば十七歳になっていたドンゴ・ディオンムは解放されることになった。自由になった少年や売れ残った少女たちは、自由意志によりただ同然で農園に雇われるか、ギャングのメンバーになるか、飢え死にするか、概《おおむ》ねそのような顚末《てんまつ》を迎えることになった。

ドンゴ・ディオンムは行動を共にしていた少女と一緒にギャングに拾われ、様々な雑用の見返りとして与えられる食料でかろうじて口を糊《のり》した。まだ年若いというのに買い手のつかなかった少女は、その醜さ故《ゆえ》にギャングたちの関心の対象外で、ドンゴ・ディオンムにくっついたおまけのように見做されていた。彼女の分の食料は与えられずドンゴ・ディオンムが分け与えていたが、生まれつき病弱な少女は日に日に痩《や》せ細っていった。何か手を打たねば少女は早晩死んでしまうだろう。ドンゴ・ディオンムはとても冷静にそう考え、そして対策を講じた。血眼のギャングたちに追われずに済む程度の価値しかないもの、ことによると気づきすらしないもの、ドンゴ・ディオンムはそのぎりぎりを検討し、異国のコイン数枚と銃2丁を奪い、真夜中に逃走した。醜い少女が労働から解放され、しばらく生活ができればまずはそれで良かった。ドンゴ・ディオンムが生きていくのに醜い少女は足手まといでしかなかったが、置いていこうとは思わなかった。劣悪な生育環境だったにもかかわらず頭脳明晰《めいせき》かつ頑健に育ったドンゴ・ディオンムは、青年期にして、自分の生活の向上を図るのみではあきたらない精神性を有していた。ギャングの勢力圏から十分に離れた新しい土地を選ぶと、ドンゴ・ディオンムは戦略的に町に溶け込んでいった。当初は町の有力者の下でただ働き同然の小間使いをして信用を培《つちか》い、やがて二人が食べていけるだけの仕事を得た。そうする内に、ドンゴ・ディオンムと醜い少女の間に子供ができる。二人は子供を半年間育てたが、少女の体調が日に日に悪化し、ドンゴ・ディオンムは看病のため働くこともできなくなった。彼は熟慮の末、醜い少女を優先することにし、欲しがる女性に赤ん坊を譲ることにした。しかしほどなくして、看病むなしく醜い少女は死んでしまう。ドンゴ・ディオンムが新生児を売る商売を始めるのはこの五年後のことで、「赤ちゃん工場」の実態調査が始まる十八年前のことだ。

「赤ちゃん工場」摘発に向けた予備調査が企画された頃、ドンゴ・ディオンムの工場の初期の製品であるトニー・セイジは、パリ18区のクリニャンクールにいた。本人は自らの出自を知らず、確かめる術《すべ》もない。何も知らないトニー・セイジには空想する権利がある。どのような顚末で自分が孤児となったのか。トニー・セイジは、バンドデシネや日本の漫画、ハリウッドドラマや小説から刺激を受けては、想像上の自らの系譜に様々なアレンジを加えていった。トニー・セイジの幼年時代の庇護者《ひごしゃ》であるジョルジュ・セイジが、ル・アーブルでトニー・セイジを発見したのは、薄い群青《ぐんじょう》の空気が周囲を満たすある早朝のことだった。金を多く保有する者たちがクルーザーを停泊させている入り江を散歩していた時、マリーナと海とを隔てる水門にひっかかるようにして、一艘《そう》のクルーザーが浮かんでいるのをジョルジュ・セイジは発見する。怪《け》訝《げん》に思って近づくと、波が変わり、水門にひっかかっていたクルーザーが音もなく彼の方へと近づいてきた。波音にまぎれてかすかに幼い子供の泣き声が聞こえた。いや、幼いというよりこれは赤ちゃんじゃないのか、背骨がじんと痺《しび》れ、考える前に体が動く。加齢により弱った足腰に力が宿り、接近したクルーザーに飛び乗って、彼は声の出所を探した。コックピットの座席に置かれた、オムツだけをつけた、自分とは違う人種の赤ん坊。それが後のトニー・セイジであるのだが、この時はまだ名前がなかった。痙攣《けいれん》するように泣いていた赤ん坊は、ジョルジュ・セイジが抱き上げるとぴたりと泣き止み、鼻をひくひくさせながら彼を見た。トニー・セイジが発見されたクルーザーの持ち主は、ロンドンとニューヨークにオフィスを持つ証券会社の経営者だった。ジョルジュ・セイジが知りえたところによると、長期休暇の度にル・アーブルを訪れており、性犯罪の嫌疑がかかったことのある人物であるらしい。強姦《ごうかん》や淫行《いんこう》というのがその内容だが、結局起訴はされていない。しかし、なぜそんな彼の所有するクルーザーの碇《いかり》のチェーンが切られ水門をただよっていたのか、なぜ赤ん坊を残して姿を消してしまったのか、それらは結局わからずじまいだった。彼の方こそそろそろ介護が必要になりそうな年齢に達していたジョルジュ・セイジだったが、なんの気まぐれかその赤ん坊を引き取り自分の養子にした。周囲の無関心の下、父子はさしたる問題もなく時を重ねていく。

十歳になったトニー・セイジを前に、ジョルジュ・セイジはクルーザーの赤ん坊の話をするようになる。それは痴呆《ちほう》が始まったためであり、それまで養父は、生物学上の父親に似て頭脳明晰な息子の前でこの話をすることを固く拒んできた。痴呆が進むにつれ、話は神話的なモチーフに模されながら大仰になっていき、まるでトニー・セイジは神からの授かりものであるかのように語られた。トニー・セイジは養父の話から事実を抜き出し、それまで空想していたのとは違った経緯を推測し始めた。その中には実際に起きたことと非常に近い仮説すらあった。ジョルジュ・セイジが老衰で亡《な》くなったのは、トニー・セイジが十五歳の頃のことだった。養父の庇護を失っても、ドンゴ・ディオンムから優秀な頭脳を受け継いだ彼ならば、その気になれば奨学金を得て、知識階級に属することもできたはずだが、彼が生物学上の父から受け継いだのは優秀な頭脳だけではなかった。目の前の課題に対して安易な解決を図ることで、たとえ大局的には多くの利を得ることができなかったとしてもそれで良いとする傾向。その安直さがドンゴ・ディオンムをして赤子を売る稼業に手を染めさせ、トニー・セイジをしてパリの隅っこで非正規品のキティちゃんを売る商売に手を染めさせた。彼らの優秀な遺伝子が結実し大量の金を生むことになるのは、まだずっと先の話である。

トニー・セイジは僅《わず》かな金を求め、パリ18区クリニャンクールの露店にて非正規品のキティちゃんを売る。十九世紀のパリ大改造の際追い払われた人々が住み着いたその場所では、当時からガラクタが売られ、いつしか大規模な蚤《のみ》の市として知られるようになった。売れるものは何でも売ろうとする人々の意志が土地に染《し》み込んでいるかのようで、品物を手に路上に立ち、往来する人々に押し付けようとする者も大勢いる。その多くが、トニー・セイジと同じ黒人である。駅前の広場にひしめく露店には、アラブ系も混じる。模造品の鞄《かばん》や時計、民族衣装とアクセサリー、売り子も用途を知らない金物、パイプ、片方だけの靴、並べればなんでも売り物ということになる。トニー・セイジの売る非正規品のキティちゃんは品物としては上等の部類と言える。サンリオ社の有する猫のキャラクター、キティちゃんはフランスでも人気がある。中国から仕入れているキティちゃんグッズはコンスタントに売れ、トニー・セイジと仕事仲間が生活をしていくのに十分な金を得ることができている。もちろん本場の日本においてもその人気は同様だが、人々の中にはキティちゃんが好きではない者もいる。例えば高橋塔子がそうだ。キティちゃんだけではない。ミッキーマウス、ポケットモンスター、さまざまなキャラクターがはりついた筆記用具、義務教育期間中に目にしてきた、たわいない愛情のかけらたち。それらは高橋塔子に、キャラクターグッズを見せびらかす同級生らを一緒にあざ笑っていた友達のことを思い出させた。その友達が自殺したことも連想するため、今ではキャラクター商品を見るだけで忌《い》まわしい気分に取り付かれるようになってしまった。これに限らず、高橋塔子が苦い経験から憎むようになった対象は多くある。その最たるものは金である。だが、言わずもがなのことだが、金を生み続けぬ限り渡世はすぐに行き詰る。金に詰まると彼女は自分の体を売った。ドンゴ・ディオンムが赤子を売り、トニー・セイジが非正規品のキティちゃんを売るように、それが高橋塔子の錬金術だったわけだ。

高橋塔子とは対照的に、春日晴臣は金に愛着をもっている。では、春日晴臣は何を売って金を得ているのか。知識を売る、という言い方も可能なようだが、単純にそうとも言えない。彼の持つ知識の量や質は、同じ勤め先でも雇用形態の違う、客員教授や非常勤講師の平均と比べてみても、格段に低い。しかし給与は彼らよりも多いのだ。そのことからも彼が単に知識を売っているわけではないことがわかる。おまけに専任教員である春日晴臣は、定年に達するまでの雇用が保証されている。大学の運営が極端に失敗し教員のリストラが始まる可能性はゼロではないが、春日晴臣が所属する大学は志願者が多く、財務状況も良いため、その可能性は低い。だが、春日晴臣は平均的な人間であれば気にすることもない瑣末《さまつ》なことにも危惧《きぐ》を抱く。投資がうまくいっていないことも、不安を煽《あお》る一因になったようだ。いかに安泰にみえるとは言え、十年、二十年のスパンで考えればどうだろう。破綻《はたん》する大学もちらほらと出てきている。少子化で進学人数が減っているのだから当然だ。教員数はもっと減らされるに違いない。そうなったら、果たして自分は留任できるだろうか。いや、自分が居座っていていいものだろうか。電車の振動と春日晴臣の胸の鼓動が合わさる。自分の身に降りかかっても文句の言えない憂《う》き目《め》を仔細《しさい》に検討し、心底怯《おび》えることで、彼は果たさずにきた誠意を無自覚に代替しようとしている。だが悲しむべきことに、あるいは喜ぶべきことに、彼は日々図太くなっている。彼の鬱屈《うっくつ》もやがては凝り固まって小さな怯えすら生まなくなるだろう。そんな春日晴臣のもとに、ある日公的な仕事のオファーが舞い込む。国連組織が派遣する調査団への参加要請で、行き先はアフリカとのことである。評判になるような本も論文ものしたことがない彼は、このような仕事を決して断らない。シンポジウムや何かに出る度、自分の立場がより強固になっていく感覚に、春日晴臣の心は安らぐのだった。

同じ頃、高橋塔子にも海外での仕事が入った。柳原未央香の売り出しに失敗した損失を補塡《ほてん》するために画策された仕事の一つである。芸能事務所社長の愛田創太は、あるエージェントに雑誌の巻頭を飾るはずだった柳原未央香の写真を渡していた。写真加工ソフトの小技も利《き》いていて、写真の中の彼女は実物を知る愛田創太が見てもしばらく目が離せなくなるほどのなまめかしい肢体、胸を突く美しさだった。だがいつまでも悔しがっていても仕方がない。成り行きによっては、損失を一挙に穴埋めできる。

仕事を持ってきたエージェントは、中国の富裕層への太いパイプを持つ、日中ハーフの男である。中国の成金たちの欲望を叶《かな》えることで金を得るその男は、これまでも愛田創太に多額の金を稼がせてきた。ありていに言えば、愛田創太が紹介する女性を成金にあてがうのだ。女性が拒否すれば無理強いはしないが、うまく後援者を摑《つか》めばかなりの金を貢《みつ》がせることができる。日本の芸能人というだけで、ある層には受けが良い。高橋塔子が柳原未央香として撮影しお蔵入りとなった巻頭グラビア用の写真は、いわば身分証みたいなものだった。春日晴臣との一件で怒りを溜《た》め込んだ高橋塔子にしても、今の状況からは早く抜け出したいと思っていた。自分にその義務はないのかもしれないが、損失分を回収しない限り愛田創太はいつまでも自分にアクセスしてくるはずだ。なんにせよ早めに終わらせてしまいたい。金についてはもう考えたくない。

今回のオファーは一風変わっている。通常は日本か中国のどちらかで密会することがほとんどだが、今回は仕事を兼ねてパリ観光する男性のお供をすることになっていた。こうして、高橋塔子と春日晴臣は偶然にも、時を同じくしてパリへ旅立つことになった。

高橋塔子と成金男性は、シャルルドゴール国際空港のロビーで落ち合うことになっている。彼女はここ二日ほど食事らしい食事をしておらず、機内食も食べなかった。

鈍い痛みのような空腹を覚えるが、それに反抗するように何も口に入れずにいた。ベンチに腰掛け、空港をうろつく人々を眺めながら、この世にはゴミのような人間しかいないと胸中で呟《つぶや》いている。電話が鳴った。中国人男性は連れもなく一人だった。若い頃に日本に遊学していたことがあるそうで、十分コミュニケーションをとれるレベルの日本語を話した。その成金男性、チョウ・ギレンは中国に工場を所有する事業家だった。母方の係累《けいるい》が中国共産党で出世しており、その人物からの情報と口利きによって資産を効率的に運用している。直近ではアフリカ事業向けファンドに投資しているが、親類の話によれば、必要に応じて政府が資金の補強をする方針とのことで、かなり手堅い案件と言えた。そのファンドによって近々、ドンゴ・ディオンムが住む町に紳士靴の組立工場が設置される予定となっている。

春日晴臣が向かっているのもまさにその土地である。高橋塔子のいるパリでのトランジットを数時間で終えた春日晴臣は、長旅の疲れから機内で熟睡し、気がつけばアフリカに到着していた。国連職員に指定された待ち合わせ場所のコーヒーショップへと向かい、壁際《かべぎわ》の席に陣取ってエスプレッソを飲みながらiPhoneでポルノサイトを見て時間をつぶす。疲労がたまると彼の性欲は高まるのだった。

一方の高橋塔子は成金男性相手に体を開いている。滞在先であるシャンゼリゼ通りの四つ星ホテルで早速チョウ・ギレンに体を求められたからだ。高橋塔子は行為の間、ずっとチョウ・ギレンの様子を観察していた。額から落ちる汗。つながった眉毛《まゆげ》。荒い鼻息。私の上にいるこの男は一体何をしているのだろう?

「Dr. Kasuga」

名前を呼ばれた春日晴臣は iPhone のディスプレイを暗転させ、悠然とイヤフォンを外す。国連組織の調査団は、アメリカ、イギリス、フランス、インド、デンマーク、日本から招集されていた。アメリカとフランスからは各二名が来ている。合計八名の有識者の全員が揃《そろ》った時には、待ち合わせ時間から三十分が過ぎていた。頭脳レベルを図る尺度の一つであるところのIQで比較すると、今回の八人は一人を除き、赤ちゃん工場の元工場主ドンゴ・ディオンムとは雲泥《うんでい》の差がある。デンマークから参加したトマス・フランクリンのみIQ200を超えているが、残りは100〜140で、並〜上の下といったレベルである。もしも彼らがドンゴ・ディオンムと同様の生育環境にあったならば、早々に今生から退場していたか、あるいは生き残っていても、ドンゴ・ディオンムほどの所得や生活は望むべくもなかっただろう。そんな彼ら調査団が実態調査するのは「赤ちゃん工場」についてだ。これについて、国連組織は重大な人権侵害があるとみているが、ドンゴ・ディオンムがそれを聞いたなら鼻で笑うに違いない。哲学者や作家たちが思いを巡らせた問いや苦悩の多くを独自に考え尽くしている彼には、なぜそれほどに人間を特別であるとみるのか、という持論がある。他の種に対しては増やし減らし時に改造しと好き勝手やっているにもかかわらず、自分たち人間に対してのみその傍若無人さが発揮されない。では、「自分たち」とはなんだ？　人間というカテゴリで絞るなら、例えば人種は関係ないはずだろう。余裕があれば俺を含めた黒人も「自分たち」の範疇《はんちゅう》に入れてもらえるというものだ。しかし、余裕がなくなれば「自分たち」の範囲はどんどん狭まっていき、自分の人種、自分の国、自分の家族、自分、という具合に限定されるのではないか？　普段からせっせとそういったカテゴライズをしておくのは、状況に応じて「自分たち」以外を防壁にして切り捨てるためなのだろう。人間だけを特別視するということはつまりそのような特権化、ふるい分けにつながっていくのではないか。それが大多数の人間の性向というこことなのであれば、俺はその究極をいく。自分かそれ以外。人間だろうが動物だろうが植物だろうがなんだろうが関係ない。自分かそれ以外。俺はどこまでも自分自身を特別視する。そしてその特別な遺伝子をこの世に大量に送り出す。これは、耳触りのいいスローガンで、その実どこまでも切り捨てに向かう概念に対しての闘争でもあるのだ。おまけに誰がどう言おうが、俺がこのように考え、このように行動してこなければ生まれなかった命がある。その命がどのような顚末を迎えるのかは知らないが、彼または彼女があなた方の「自分たち」の中に入れてもらえなくて結構だ。どれだけ差別されようが虐《しいた》げられようが、乗り越えてみせる者がいるかもしれない。とても偉大なことを成し遂げることもあるかもしれない。彼または彼女の代ではなくとも、その子供が、その孫が。俺はいくらでも送り出す。

実際、ドンゴ・ディオンムから数えて9代後の子孫、田山《たやま》ミシェルが莫大《ばくだい》な金を生むことになるのだが、この時は当然誰もそのことを知らない。まもなく春日晴臣ら調査団を乗せたジープが赤ちゃん工場の一つに到着するが、残念ながら鼻のきく工場主らは既に手仕舞いを終え、ほとぼりが冷めるまでやり過ごす腹を決めている。最も抜け目のない工場主であったドンゴ・ディオンムに至っては既に清算の最終段階にある。国連機関の調査は、散々な結果になりそうである。

ドンゴ・ディオンムの息子、トニー・セイジはパリの外れのクリニャンクールでこの日も非正規品のキティちゃんを販売している。その前を通りかかったチョウ・ギレンは、店に並ぶぬいぐるみやTシャツ、毛布などを指差して、「あれ、私のところで作ってるものね」と高橋塔子の気をひこうとする。整形手術を行う前から十分に美女で通っていた高橋塔子を男性は放っておけない。ある者は単に美しい女性と交わりたいために、ある者は彼女の美しさを利用するために、高橋塔子に近付く。当然のことながら、美は金にもなる。

調査団の紅一点、カレン・カーソンも相当な美人である。実は、彼女の容貌《ようぼう》レベルは高橋塔子と全く同じである。カレン・カーソンは美しさを直接金に換えているわけではないが、それが今の立場を得るのに寄与したところも少なくはない。車での移動中、カレン・カーソンは自分の太ももの辺りに注がれる春日晴臣の視線に気づいていた。不快ではあるものの、いちいち気にしていられない。彼女は自分の美しさに、そしてそれに反応する人々の行動に慣れきっているため、他人の視線を意識の外におく術を心得ている。アフリカで陸路に入ってから、カレン・カーソンはまどろむふりをしてイヤフォンをつけ、COLDPLAYの「PARADISE」をリピートして聴き続けた。

現地ガイドによって、調査団はドンゴ・ディオンムが運営していた赤ちゃん工場だった場所に最初に案内された。薄い合板でできた貧弱な建物は、長年捨て置かれた廃墟《はいきょ》にしか見えない。採光に対しての配慮がなく、中は暗い。南側の壁には窓枠があるが、その多くはガラスの代わりに板が打ち付けられている。覆《おお》いのないわずかな窓から射《さ》す太陽の光が線になっている。布切れが一枚、うな垂れた人のように床の中央に丸まっている。そこにはドンゴ・ディオンムのソファやその他の家具が置かれていた跡もわずかに残っていたのだが、元あった備品はガラス一枚に至るまで売り払われた後である。

　カレン・カーソンは事前に得た情報から、この建物内で行われたはずの蛮行を思い浮かべようとした。かどわかされた妊婦、あるいはこの場で受胎することになる女性、乳児達の泣く声。建物に間仕切りはあったのだろうか。それともまるで豚小屋のように、皆一緒くたに詰め込まれていたのだろうか。目の前のがらんどうから読み取れることはほぼ皆無である。カレン・カーソンはそれでも、ここにいたはずの母子達の姿を想像しようとした。暗い室内で僅かな光を受け止めて光る目。いずれ奪い取られる子を抱く年端《としは》もいかぬ少女たち。かわいそうに、と彼女は思う。きっと、誰もこんなことは望んでいないはずだ。貧しくて、他人の思いを想像する余裕もなくて、人間として最低限守られるべきものすら守れなくなっている。私ができることはとても限られたことだけど、やれることはきちんとやらなくてはならない。だが目の前の光景は予期に反して示唆《しさ》を与えるものではなく、カレン・カーソンの感情は長続きしない。

いつの間にか彼女は夫のことを考えている。彼女は夫には知らせずにピルを呑《の》み、妊娠を避けていた。少し前までは今後のキャリアのことを言い訳にし、自分でもそう信じてきたが、そうではないことに既に彼女は気づいていた。私はあの男と別れなければならない、そうでなければ私は自分の人生を生きたことにならない、たとえ人からうらやまれる多くのものが手に入ったとしても、あの男と一緒にいては駄目だ、別れなくては、だから今は——「赤ちゃんたちが、」と国連職員の話す声で、カレン・カーソンは我に返った。そして再び、かわいそうに、から始め今度は自分の現況に惑わされることなく、蹂躙《じゅうりん》された少女たちへの深い同情を覚えることができた。

客人たちが建物のあちこちを空《むな》しく見回る横で、現地ガイドはあくびをしている。そもそもこの工場がもう使われていないことを知っていながら、現地ガイドはここに調査団を案内したのだった。赤ちゃん工場として稼働中の場所も知っているが、教えるつもりはまったくなかった。案内の対価として提示された金が、現地の人々から恨みを買うのに見合う量ではなかったからだ。ドンゴ・ディオンムの工場ほど穏便なところは他にはなく、望まぬ妊娠をした女性を堕胎してやると騙《だま》して監禁したり、女性を拉致《らち》した上で無理矢理妊娠させたりするところがほとんどなのだ。調査が入ったら、警察沙汰《ざた》になるに決まっている。

報酬相応の仕事は終わったので帰ると主張する現地ガイドに、国連職員は今も稼働中の工場を教えてくれと食い下がった。現地ガイドはとぼけ続けるが、もし聞いた相手がドンゴ・ディオンムであったなら、「確かに稼働中の工場はある」と答えたかもしれない。ほら、御覧なさい、この地球そのものがそうじゃないですか。いろいろと問題山積であるとお前ら自身が決めつける世界に無垢《むく》な赤子を送り出し続け、そう、お前らが探している赤ちゃん工場は、まさに今お前らを含めたこの地球の、そこにはびこるお前ら自身を従業員として、今も元気に稼働中じゃないですか。と、そんな風にドンゴ・ディオンムなら言うかもしれないが、国連職員が知りたいのはそういうことではない。探しているのは、この町にあるという噂《うわさ》の、生まれた赤子の一部が臓器売買や迷信的儀式の犠牲となっている可能性がある工場のことであって、地球そのもののことではない。ドンゴ・ディオンムは、そもそも屁理屈《へりくつ》が過ぎるのだ。

ドンゴ・ディオンムの息子、トニー・セイジの露店では、高橋塔子がチョウ・ギレンに促されるままにキティちゃんグッズを手に取っている。チョウ・ギレンの縫製工場がパリに卸し、トニー・セイジの店がその一部を仕入れた品である。チョウ・ギレンは期間限定の愛人に、周囲の露店に差を付けている上出来のグッズを買い与えようとする。ありがとうございます、と言う高橋塔子は、内心ありがたがっているわけではない。そんな高橋塔子をトニー・セイジが見詰めている。トニー・セイジが東洋人に興味を持つのはこれが初めてだが、たいそう美しいと感嘆している。耳にかけた細く長い髪が、頭を傾けるたびさらさらと流れる。太陽の光が黒くつやのある髪に溜まって眩《まぶ》しいくらいだ。一度だけ高橋塔子がちらりとトニー・セイジに視線を向けた。目が合うと、トニー・セイジは思わず彼女の瞳《ひとみ》を凝視してしまう。

トニー・セイジが高橋塔子に見惚《みと》れるのは好みの問題だが、高橋塔子の容貌レベルが高いのは事実である。加えて、小さな棘《とげ》のようにいつまでも脳裏に残る視線、どこか不満そうな口元。芸能界を長年渡り歩いてきた愛田創太の眼力をなめてはいけない。時流に乗り運も向いていれば、ドンゴ・ディオンムがこれまで赤子を売って稼いできたのと同じだけの金を、あっという間に稼いだ可能性もあった。しかしながら、グジャラート指数が異常に高い先進国においては、何かを金に換えるための力学は複雑なバランスの上に成り立っている。だからこそ、機を見ることに長《た》けた愛田創太は流れがないと判断し、あっさり方向転換したのである。

機を見ることにかけては、ドンゴ・ディオンムも負けてはいない。他の工場主に先駆けて、いち早く赤ちゃん工場を手仕舞いすべく全方位で動いていた。ドンゴ・ディオンムはジープに乗り、不動産ブローカーとの待ち合わせ場所に向かっている。行き先は酒とコーヒーに加えて簡単な食べ物を出す店で、常連からは「爪《つめ》の先」と呼ばれているが、正式な店名はない。砂埃《すなぼこり》を立ててジープを停め、ウェスタンドアを開いて店内に入ると、相手は既に到着していた。これが2回目の商談で、撤退済の赤ちゃん工場の敷地を含めた所有地を、中国の政府系ファンドに売却しようとしている。交渉一発目の提示額からして内心満足のいくものだったが、もう一押しいけそうだと感じたドンゴ・ディオンムは、一週間おいたこの日に改めて商談の機会を設けたのだった。結果、当初提示額の1・7倍の金額に吊り上げることに成功し、現地通貨ではなくドルでの支払いを認めさせた。なかなかの交渉力である。

一方で、人身売買の巣窟《そうくつ》を突き止めようとしている国連職員の交渉力は、いまひとつと言わざるを得ない。調査団の博士たちの目の前で、現地ガイドに良いようにあしらわれている。既払い分は一軒当たりの金額であるから、他の工場に案内して欲しければその軒数分を払えと要求されている。お坊ちゃん育ちの国連職員は、買い物で値切ったことが一度もない。人々の活動の大部分が金の奪い合いであることが、彼には理解できていないようである。現地ガイドやドンゴ・ディオンムの行動はまことに理にかなったもので、少ない労力でより多くの金を得ようとしているのだ。交渉は現地ガイド側の圧勝だった。国連職員は現地ガイドに言われるまま金を渡したのだが、最初に遣《や》った金はガイドの知るすべての工場への案内を含む対価であり違うと言うのなら返還を要求する、等と居丈高に振舞っていれば、話は違っていたに違いない。少なくとも追加で支払う前に、今後はすべての工場を案内することが条件で全額を後払いとする、といった程度までは持っていけたはずだ。だが先進国に住む国連職員にとって、現地ガイドの要求する金の量はほんの端金《はしたがね》に過ぎなかった。交渉で失う時間や受けるストレスと天秤《てんびん》にかけてみれば、さっさと渡した方が手っ取り早いと即断できる金額でしかないと、意にも介しなかった。しかしこれも金の奪い合いが無駄である、ということではない。金の奪い合いで勝っている側の国民に特権があるというだけのことだ。国連職員の態度は、その特権に胡坐《あぐら》をかいた怠慢であると非難することもできる。しかしコストパフォーマンスには見合った行動なのだし、国連職員には国連職員なりの裁量がある。むしろ問題視すべきは、追加の金を渡したにもかかわらず、またも現地ガイドに良いようにあしらわれていることだろう。

現地ガイドは確かに約束を果たし、知っている限りの工場を案内した。だが調査団が訪れるとそれらはすべてもぬけの殻だった。ガイドが現地のネットワークを通じ、その都度逃げろと警告したためだ。調査団の一人、トマス・フランクリンはその動きに気づいていた。ガイドの動きを封じることができず、またこちら側に彼の不正を追及できる情報も手段もない以上、どれだけやっても無駄骨にしかならないとトマス・

フランクリンは理解した。アプローチを変えるべきだ。このままだと大学にレポート一つ上げられない。最近交替してきた学部長は、いかに公益性の高い仕事であったとしても常に実質的な成果を重視する。行ってみたもののもぬけの殻でした、というわけにはいかない。もっとも、トマス・フランクリン個人は、今回の旅で非常に有意義な時間を過ごしていた。将来的に彼のライフワークにも関わってくる「グジャラート指数」についての着想を得たからだ。だがそれはあくまでも個人的な研究課題であって、今回の調査団の目的にかなった成果は出ていない。苦境を打開すべく、トマス・フランクリンは国連職員に断りを入れてから、現地ガイドにこう頼んだ。赤ちゃん工場について情報を持っている人を紹介してくれないか、どのような立場の人なのかは詮索《せんさく》しないし問題にしない、内実に一番詳しい人を紹介して欲しい。勘のいい現地ガイドは、トマス・フランクリンの意図を正しく理解する。報酬に折り合いがつくと、現地ガイドはすぐに携帯電話を取り出して、ドンゴ・ディオンムを呼び出した。

ドンゴ・ディオンムはジープを運転しながら報酬の交渉をし、この仕事を引き受けた。待ち合わせ場所に「爪の先」を指定し、もと来た道を引き返す。「爪の先」の店主はドンゴ・ディオンムが再び店に入ってきても特に何も言わなかった。いつものていいかと聞き、頷《うなず》くドンゴ・ディオンムにバーボンの水割りを黙って差し出す。それから三十分足らずで、現地ガイドに率いられた調査団がぞろぞろと店に入ってくる。国連職員を先頭に、トマス・フランクリン、カレン・カーソン、ケーシャブ・ズビン・カリ、春日晴臣、その他と続いた。ドンゴ・ディオンムは現地ガイドに目配せをし、テーブル席に移った。彼を取り囲んで各人が座る。店主が注文をとりに来る。ここ三ヶ月で多忙のストレスから3 kg体重の増したカレン・カーソンがダイエットコーラを所望する。全員に飲み物が行き亘《わた》ったところで、口火を切ったのはトマス・フランクリンだった。

トマス・フランクリンは一連の流れから、ドンゴ・ディオンムが赤ちゃん工場経営の当事者であると見抜いている。だがこの場でそれを追及しても仕方がない。売り物として生を受けた新生児が臓器提供用に、倒錯した嗜好《しこう》の人間の慰みものに、あるいは呪術《じゅじゅつ》の供物《くもつ》にされる発端を作る人物かもしれないが、今はそれを糾弾すべき時ではない。改善の道筋を探るための前哨戦《ぜんしょうせん》であり、予備調査の段階である。「赤ちゃん工場に詳しいと聞きましたが」とトマス・フランクリンは切り出した。どういう関係なのかとは当然聞かない。調査団の他のメンバーは会話の進行を見守っている。

「知っている部分もありますね」とドンゴ・ディオンムは答える。

「例えばどういうことでしょう？」

「例えば、どういうことをお知りになりたいんでしょうか？」

トマス・フランクリンは報告書の作成を念頭に置いて質問する。「そうですね。具体的なことが知りたいですね。例えば、出産をする女性は普段何をしている方なのでしょう」

「今から話すことは私が工場主をやっている男から聞いたことなのですが」とドンゴ・ディオンムは前置きをする。そんな前提を相手が信じるとは毛頭考えていないが、それで問題ないと思っている。またどのようなことになろうとも、糾弾の手が届かない先に動く自信もある。あなた方が俺に手を出すことはできないよ、と毛並みの良い博士たちを見ながら、ドンゴ・ディオンムは胸中で呟く。世界中の淀《よど》みを押し付けられたこの土地を理解しつくした上で、素早く手を打ち、逃げ切る俺をあなた方はどうすることもできないよ。なぜなら俺は、あなた方が最も見たくないものの中心にいて、そしてそこからいつでも抜け出すことができるからね。ドンゴ・ディオンムは突然、全部口に出して言ってしまいたい誘惑に駆られた。だが、思うままにしゃべったところで、目の前の人間たちが多少嫌な思いをしてそれで終わりになるだけだと彼は知っている。まあいい、落とし前はいずれつくだろう。それはドンゴ・ディオンムの人生の枠を超えて、あるいは彼がつい先日読んだイアン・マキューアンの言葉を借りるならば、今目の前にいる「太った西洋人」たちの人生の枠を超えて、訪れるような決着である。その頃にはきっと、それが落とし前であることに誰も気づきもしないだろう。ドンゴ・ディオンムは胸のすく思いがする。

「私の知人がやっていた赤ちゃん工場のことで、すべてに共通することなのかはわかりませんが」ともう一度前置きしてから、ドンゴ・ディオンムは話し始める。「そうですね、地元のあまり裕福ではない女性が半数くらいでしょうか。一度出産をするとそれなりにまとまった金額をもらえるそうですから、家計の足しにするんでしょう。残りのほとんどは噂を聞きつけてそのためにわざわざやって来る女性だそうです。どこから来たのかは詮索しないそうですね」

「ふうむ」とトマス・フランクリンはうなった。「家計の足しということですが、報酬はどのくらいなのですか？」

「150ドル程度が相場だと聞いています。あなた方からすれば端金かもしれないが、われわれにとっては破格といっていい金額です」

「なるほど。それで、新生児はすぐに売りに出されるのですか？」

「売りには出すそうですが、すぐに売れるとは限らないそうです」

「売れ残ったらどうするんですか？」

「売れ残ることはないそうですね。今のところ需要が供給をはるかに上回っているそうです」答えながらドンゴ・ディオンムは「太った西洋人」たちの渋面を見回す。トマス・フランクリンの質問は続く。女性が連続して出産をすることはあるのか、妊娠中の生活はどのようなものか、売れるまでの間赤ちゃんの面倒を見るのは母親なのか、この地域に何軒くらいの工場があるのか、売られた子供の行く末を把握している者はいるのか。ドンゴ・ディオンムはそれらに淡々と答えていく。

二人の会話を聞きながら、カレン・カーソンは、この男だわ！　と憤《いきどお》っている。機械的な伝聞調を押し通すこの男が、当事者であるのは間違いない。カレン・カーソンだけではなくその場にいた全員がそう思っているのだが、誰も口には出さない。「知合いの工場主は、罪の意識を感じるべきではないと考えているそうです」と言ってから、ドンゴ・ディオンムは博士たちの眉間《みけん》の皺《しわ》にまた目をやった。正確には、確率の問題だと考えているそうです。新たに生まれてくる人間が幸福になる確率は、確かにあなた方よりも極端に低いかもしれない。だからと言って、そのように生まれつく生を否定することの方が、不寛容なのではないでしょうか。そう、あなた方の視野は案外狭いもので、干渉するのは傲慢《ごうまん》ですよ。「そう思っているそうです」もはや伝聞とするには無理のある内容になっていたが、ドンゴ・ディオンムは構わずに、訛《なま》りのある英語で話し続ける。伝聞調で不都合な本音をおおっぴらに語っている、という印象を与えつつ、ドンゴ・ディオンムには目の前の「太った西洋人」たちに言いたいことがまだあった。罪の意識云々《うんぬん》ではなく、罪はないのだ。元々無かったものを生み出すことが悪いわけはない。売ることの責任は甘んじて受けてもいいが、売れることの責任は断じて俺にはない。赤子がどのような扱いを受けるのかは俺以外の人間たちの問題であって、もっと言えば現在の世界の成り立ちに影響力を持つ者の資質が問われているということになる。つまりお前らの。なぜなら俺は供給するだけだから。名前も付けずに彼らを手放すのだから。しかし、ドンゴ・ディオンムはそんなことを口に出しては言わない。

　カレン・カーソンはドンゴ・ディオンムの話を聞いているのも嫌になり、目の前の場景から目を逸《そ》らした。呼吸が浅くなり、思わず胸に手を当てる。この時の心的ダメージは以後も折に触れ彼女を悩ませることになる。帰国後に夫と別れ、二人目の夫とともに不妊に悩むようになると、彼女はなぜかドンゴ・ディオンムの人を喰ったような口調や、達観したような静かな表情を思い出すようになる。果たしてドンゴ・ディオンムの見解にも一理あるとすべきなのか。あるいは完全な錯誤として切り捨てて良いのか。時を経るごとにカレン・カーソンにはわからなくなる。しかしドンゴ・ディオンムと対峙《たいじ》していたこの時は、カレン・カーソンは身の内に興《おこ》った変調を単に怒りのせいにした。どのような理由があるにせよ、赤ちゃん工場などというものの存在が容認されるべきではない。人として守るべき一線がある。それを超えたドンゴ・ディオンムを許しておいてはならないはずだ。

そんな至極まっとうな憤りをぶつけられたなら、ドンゴ・ディオンムはなんと答えるだろうか。悪びれもせずにあっさりと謝るか。得意の屁理屈で切り抜けようとするか。いずれにしろドンゴ・ディオンム個人を許すべきかどうかを考える必要はこの後すぐになくなる。トマス・フランクリンの報告書にしっかり貢献したドンゴ・ディオンムは解放され、報酬を受け取り、店を出てジープに乗り込んだ。サイドブレーキを外して車を半回転させ、進行方向を整えて進む。そうして五分ほど進んだところで、不意に木の陰からガゼルが飛び出して来、運転を誤った彼は樹齢百五十年の巨木の幹に衝突し頭を打って死んだ。エアーバッグは作動しなかった。飛び出してきたガゼルは周囲を震わす轟音《ごうおん》にびくっとなったが、自らが飛び出したこととドンゴ・ディオンムが死亡したこととの因果関係を把握することはできない。ドンゴ・ディオンムがその動物に驚かず、そのまま車を走らせて轢《ひ》いてしまえば彼が死亡することはなかっただろう。しかしその場合、代わりにガゼルが死ぬことになる。果たしてどちらを優先すべきであったのか、生前のドンゴ・ディオンムはそのことについても考えたことがあった。言うまでもなく、ドンゴ・ディオンムのグジャラート指数は異常に高かったのである。グジャラート指数に関して言えば、皆で50ぐらいに留めておくのが人間的生活を営んでいく上で都合がよいことは間違いない。30を割るとほとんど動物であるのだし、100を超えるともはや頭でっかちに過ぎて人の形をしたなにかである。死亡する直前のドンゴ・ディオンムはしかし、100に達していたのだ。彼は木の幹にぶつかる直前、自分がこの一瞬後に死ぬのだということを理解していた。死亡するまでのほんの一瞬の間に、これまで彼の優秀な頭脳が編み出してきたあらゆる考えの内、もっとも価値のあるものを瞬時に再生し、あらゆる存在を等しく愛し、全人類の幸福を祈りながら彼は即死した。それから四十五日間誰からも発見されず、偶然通りかかった「爪の先」の店主がずたぼろになったジープを恐る恐る覗《のぞ》き込んだ際に見つけたのは白骨化した死体であり、彼はそれがドンゴ・ディオンムであることに気がつきもしなかった。

ムの数多くいる子供の内の一人、トニー・セイジは父親が亡くなったことを当然知らない。ドンゴ・ディオンったとき彼は、その日見かけた美しい東洋人、高橋塔子のことで頭がいっぱいだった。彼の内を席巻《せっけん》していた感情は、ドンゴ・ディオンムが共に放浪した醜い少女に抱いていたものとは厳密には違っていたが、方向性は似ている。仕事を終え、仲間と住むポルトゥ・ドゥ・クリニャンクール駅前のアパルトマンで寝床に就いてもなお、気持ちの高ぶりは治まらなかった。高橋塔子とチョウ・ギレンの関係を想像して嫉妬《しっと》さえした。彼女はどこから来たのだろうか。父親譲りの優秀な頭脳の中にはGoogle Earthに頼るまでもなく世界地図が高い精度で入っている。あの容姿、肌色の淡さは東アジア地域に違いない。トニー・セイジは、東アジアをひどく遠い場所と感じる。確かにほんの一世紀遡《さかのぼ》るだけで、東アジアまで到達するのは、航路にしろ陸路にしろ人生をかけた一大事業であった。しかしながら、既に1000ドルもあれば半日でいける程度の場所でしかない。トニー・セイジはそもそも中央アフリカで生まれ、赤子にして遠路ヨーロッパ大陸へと移動してきたのだが、そのことを知っている人間はこの時既に死に絶えている。ドンゴ・ディオンムが亡くなるずっと前に、生物学上の母もエジプトで亡くなっている。トニー・セイジをフランスに連れてきた証券会社の経営者も既に亡くなっている。

トニー・セイジという名前を与えられる前、未《ま》だ名前のない新生児であった頃、彼は他の新生児と同様に札をつけて管理されていた。水滴が地面にぶつかって弾《はじ》ける様を象《かたど》ったようなそれらの札は、ドンゴ・ディオンムだけが正確に識別することができた。もちろんドンゴ・ディオンムにしても、生母たちと同様に新生児の顔を見分けられるのだが、新生児の数や値段を定量的に把握するのには札の方が都合が良かった。母体から離れたばかりの新生児たちは、名前を与えられることにより、手垢《てあか》のついた人間らしさをまとう第一歩を踏み出してしまう。そうしてひどく遠回りして人々が辿《たど》り着くのはやはり名前のない世界なのだから、この俺が新たに生まれた生命に名前を与えるのは愚かしいことだ、と彼は考えていた。そのように考えながらも、赤ちゃん工場において女たちが互助的に機能しているのをソファに座って眺めている際に、体の芯《しん》から湧《わ》き出す感情を断つことはできなかった。

グジャラート指数が90を超えた頃、ドンゴ・ディオンムはザンデ語のラテン文字表記で論文をしたためている。やや冗長ながらマックス・シェーラーもかくやという独創的な切り口は、「人類の第二形態」とその著書の中で分類される後世の人々にとっても示唆に富むものであったはずだが、結局日の目をみることはなかった。マイナーな言語で記された上、書き終えると床下の金庫にしまい、時を移さず次の著書「日本語における『金』の用法から見る特権的固定指示子の特性とその例文」に着手したのだから、それも当然のことである。これもやはりグジャラート指数の高さが関係している。読まれまいとしたのではなく、読み手を獲得するハードルをあげることで、著書の持つ耐久度を試そうとしたのだ。ＩＱとグジャラート指数の間に完全な相関はないが、ＩＱが高い者ほどグジャラート指数も高まる傾向はある。例えば国連組織の調査団の内、グジャラート指数が最も高いのは、ＩＱの一番高いトマス・フランクリンだった。グジャラート指数の次点は春日晴臣であるが、彼はＩＱが二番目に高いというわけではない。また、性欲が一番強いのは春日晴臣であるのだが、これはグジャラート指数とはあまり関係がないことだ。

アフリカでの調査を終えた春日晴臣は、帰路のトランジット地であるパリに向かう機中の狭いトイレで、カレン・カーソンを思い浮かべながらマスターベーションを二度行った。春日晴臣の隣に座る調査団の一人、インド人博士ケーシャブ・ズビン・カリは、それに気がついていた。平均的な人間なら気付かないはずだが、ケーシャブ・ズビン・カリは常人の一万倍以上鋭い嗅覚《きゅうかく》を持っている。彼はこのような益体《やくたい》もない他人の秘密を知る度、自らの特異な能力を疎《うと》ましく思ってきた。人が得る情報の9割程度は視覚によるというのが定説だが、彼の場合はそうではない。空気中を漂う様々な物質がケーシャブ・ズビン・カリの鼻腔《びこう》を刺激し、彼にとって無益な情報をひっきりなしに与え続ける。気候の匂《にお》い、食べ物の匂い、体液の匂い。感情によって変わる体臭をも、彼には嗅《か》ぎ取ることができた。見えるものをごまかす術《すべ》に長ける者は多いが、匂いをごまかすことができる人間はそうはいない。そのため多くの人々は、ケーシャブ・ズビン・カリに対してあけすけに自分をさらけ出していることになる。

「あの人すごく体が悪いみたい」

「何か悲しいことがあったみたいだよ」

「あの人とあの人はさっきまで一緒にいたよ」

幼少時代、彼は地元の人々の間で神がかりとみなされていた。その能力の秘密を肉親に告白したのは、六歳の頃のことだ。「僕は他の人と違うみたいだ」と泣きじゃくる息子を見た母親は、来《きた》るべきときが来たと思った。そうだねお前は人とは違った力を持っているみたいだね、でもそれはきっと神様からの贈り物なんだよ、と諭しにかかる母親に、違うんだよ！　とケーシャブ・ズビン・カリは叫んだ。鼻なんだよ！

「ねえ、どうして、パパから隣のお姉さんと同じ匂いがするの？」この告白ならぬ告発は、一人の女性の多様な側面、我が子への惜しみない愛情と、浮気男への猛々《たけだけ》しさとで対処されることになった。この出来事以後、ケーシャブ・ズビン・カリの母親は、嗅覚を勘定に入れずに行動することを息子に叩《たた》き込み、非凡すぎる能力を御して生きる術を与えた。

「ある意味で過剰さは、」と今は亡きドンゴ・ディオンムは、誰にも読まれることなく塵芥《じんかい》同様の運命をたどることになった著書の中で述べている。「欠落に似ている。あまりに強い要素は、それが通常の状態では存在しない状態、つまり本来の状態の欠如ととらえることもできるからだ。そのためそれを正しく理解しない者がそこから目を背けようとするのは当然だろう。だがやすやすと欠落を埋めることができないのと同様、過剰さもまた無視することができない。名前のない世界を経由し、凝固へ向かうために、過剰さを抱える者を、人々が正確に理解することが重要となるだろう」

ケーシャブ・ズビン・カリの場合は、彼の異能を理解する者が身近に存在していたという点で幸運であったと言えるだろう。長じて、人が心と裏腹な言動を取っていることに気付いても、母親の教えに従い、無用な詮索をせずにいることができた。さらに言うと、相手の体調や機嫌の良《よ》し悪《あ》しが手に取るようにわかるため、気の利《き》いた対応ができ、彼は女性にモテるようになった。男性のランクを無意識の内につけてしまうカレン・カーソンが、調査団の男性陣の中で一番高い評価をつけたのもやはり彼であった。離婚を考え始めていたカレン・カーソンは、半ば本能的に新しい相手を探していたのだが、ケーシャブ・ズビン・カリは彼女の好みに合った。ケーシャブ・ズビン・カリもまた、彼女の発する匂いから自分への好意に気づいていた。彼の鼻は、カレン・カーソンが春日晴臣を見て不快な感情を抱くことも、旅の間ずっと月経中であったことも嗅ぎ取っていた。血の匂いを嗅ぐと、彼はよく母親のことを思い出した。人生の岐路において何かを選択しようとする際、彼は母だったらどう思うだろうかと考えることが多かった。そうすることで、自分にしか知覚し得ない世界を傍らに感じながらも、彼は常人として振舞うことができたのだった。

クリニャンクールからホテルに戻った高橋塔子が突然月経を迎えたのは、芸能界デビューの準備のために何ヶ月も無理なダイエットをしてきた影響だった。彼女は期間限定の愛人であるチョウ・ギレンの機嫌を損ねるだろうと思ったが、彼は気分を害することもなかったし、奇怪な要求をしてくることもなかった。そうですか、と淡々と受け止め、それよりもクリニャンクールで買ってあげたキティちゃんは気に入ったかい、と聞いてきた。ええとっても、と高橋塔子は答えたが、内心ではキャラクターグッズに対する反感が微《かす》かにでも蘇《よみがえ》るのを疎ましく思っていた。チョウ・ギレンは高橋塔子の体に飽きたわけではないが、できないならできないで構わない、と思っていた。彼が求めているのは性欲の解消ではなく、成功者としてのロールモデルの追求だったのだ。チョウ・ギレンは未だ高橋塔子のことを日本のアイドルだと思っている。初対面の時から続く高橋塔子の空《うつ》ろな態度を、彼は芸能人のプライド故《ゆえ》の超然であろうと受け取っていた。そんな高橋塔子をなんとか感心させたいと彼は考えている。昼間にクリニャンクールに連れていったのもその一環で、露店街を抜けた奥にある常設の骨《こっ》董《とう》品店が立ち並ぶ一角に入り、真偽のほどの怪しいパブロ・ピカソの直筆サイン入りリトグラフや、本革のヴィンテージソファなどを次々購入して自らの財力を見せ付けたのもそのためだった。最後に寄った仕立てのよいスーツを着た白人店主の画廊では、とりわけ彼女の気を引いたようだ、とチョウ・ギレンは一人悦に入っている。

だが、昼間にその画廊で高橋塔子の胸を焦《こ》がしていたのは、画商と交渉するチョウ・ギレンの雄姿ではなかった。そっと手首の傷跡を撫《な》でながら、彼女は自殺した友達のことを思い起こしていた。自殺した友達は親からの虐待《ぎゃくたい》により瞳孔《どうこう》に傷を負っていた。手術を受けないといずれは失明するのだと彼女は言っていた。そう難しい手術でもない、いつ受けるかだけが問題なんだと言っていた彼女がなぜ死んでしまったのか、高橋塔子にはわからない。友達が、自殺だけはすまいと高橋塔子の前で誓ってくれていたからだ。自殺した友達は連日の虐待の様子を事細かに高橋塔子に話したが、自分がどこまで暴力の実態を理解していたのか、それも彼女にはわからない。当然のことだが、高橋塔子の頭の中にあるのは主観的な世界に過ぎない。

「根本的にさ、そもそも私が決められることなんてないんだよ。まあ、それはあの人も同じなんだけどさ」友達は父親を必ず「あの人」と呼んだ。「だからさ、あの人が悪いってわけでもないんだよね」若くして多くの金を相続したあの人は、膨らみきった自我を抑える術を知らずに年を重ねた人物だった。多くの金を有していたため、家庭外からの正常化圧力が加わらず、人格の歪《ゆが》みが助長されたのだ。少しでも意に染まぬ現実が目の前に現れると、彼は周囲を攻撃した。子供の頃は物にあたり、結婚してからは妻に、妻が去ってからは娘に暴力を振るうようになった。これには彼の基礎的な能力パラメータが低く、若い頃に外の世界で耐え難い目にあってきたことが関係していた。彼は体力がなく、みすぼらしい体つきをしていた。頭の回転も滑舌も悪く、うまくしゃべることができなかった。それら個性の複合により、彼は異性からは相手にされず、同性からは常にいたぶりの的にされた。多くの金を用いて不正な方法で大学生となった矢先に交通事故で両親を失うことになるのだが、残された金を維持し次の代に残すだけの才覚も彼にはなかった。そもそも彼の親の代から衰退は既に始まっていたのだ。彼は残された金を背景に、徳性の低い心と回転の遅い頭で考えた自分にだけ都合のいい世界を現実に構築することになる。干からびる池のように、外部から隔絶された彼の世界もまた縮みゆく運命にあるのだが、消え去ってしまうまでは、どれだけ歪んでいたとしても効力をもった現実としてそれはある。衣服で隠れる箇所への殴打《おうだ》、彼女を捨てた母親についての暴言、性行為の強要が、父親による躾《しつけ》と愛情表現の一環として繰り返された。それらの行為について、事細かに、客観的に、友達は高橋塔子に語った。そこにある滑稽《こっけい》さすらも彼女は語ろうとした。性器に付着していた父親の陰毛が白髪だったこと、彼女を殴ろうとして転倒し顔を真っ赤にして恥ずかしがり延々言い訳を続けたこと。忙《せわ》しなく動き続ける臆病《おくびょう》な何も見えていない目。友達は出来事を仔細《しさい》に語ることで現実に解釈を加えずにやりすごそうとしていたのだが、ありのままを見ることで父親の心の震えまでも見ることになった。高橋塔子は友達の感じるべき感情を肩代わりするように怒った。なんで自分より弱い人にそんなことができるの？「だって、強い人には何もできないでしょ？」殺してやる。「殺したら駄目だよ。犯罪だよ」殺してもいい人だっているよ。「でもそれはあなたが決めることではないでしょ？」奇妙な話だが、二人の会話においては友達が高橋塔子を諫《いさ》める構図になることが多かった。高橋塔子は感情の高ぶりのために泣くこともあった。友達が父親との性行為のために事前にすね毛を剃《そ》ることを義務付けられており、その手順とタイムスケジュールを高橋塔子につぶさに説明していたときのことだ。学校から帰って、16時30分までには終えなきゃいけないから――、と続けるその先を遮って高橋塔子は叫んだ。「なんで、そんなことしなきゃいけないのよ」その時の怒りはまだ高橋塔子の中に残っている。私が決められることではないんだよ。声が聞こえる。本当だろうか、と高橋塔子は思う。本当だろうか？　傷跡をなぞっていた指が止まる。高橋塔子は戦いを挑むように、あるいは目を逸らしたら負けとでもいうように、目の前の場景に目を凝らす。

　そんな彼女の様子を観察するチョウ・ギレンは、この線だな、と思い違いをした。絵画を購入する前提で価格交渉などをする様が、彼女の気を引いたようだ。チョウ・ギレンは、画商に他にストックはないのかと聞いた。店頭で展示するには高価すぎるコレクションを別の場所に保管していると画商は答え、クリアブックに入ったリストを持ってくる。高橋塔子が覗き込んでくることを期待しつつ、チョウ・ギレンはリストをぱらぱらめくった。画商の言うだけあって、リストにあるコレクションはとにかく値がはった。最も高いものは20万ユーロを超えている。金の保有量には自信のあるチョウ・ギレンであったが、見栄《みえ》で買える限度を超えている。出せるとして、せいぜい4万ユーロといったところだ。時折頷いてみたりファイルを捲《めく》るペースを変えてみたりして、絵の良し悪しを判じるふりをしながら、彼は3万6千ユーロする抽象画に目をとめた。すかさず画商は「いいチョイスです」と感心してみせて、滑らかな口調で解説を始める。

これは現在注目されている芸術グループ「コバルトの具現」一派が作った野心作であってつい昨日リストに入れたばかりだ、私が販売権を持つのは二ヶ月間だけなので購入するなら今の内だ、おそらく期間を過ぎると値段がつけられなくなるでしょう。果たして「コバルトの具現」なるグループが本当に注目されているのか、この画商の販売権がなくなると値段がつけられなくなるとは一体どういう状況なのか、何も具体的に想像することができないままチョウ・ギレンは「なるほどね」とうなずいた。もしこの場にケーシャブ・ズビン・カリがいたなら画商が何かごまかしをしていることを嗅ぎ取ったはずだが、チョウ・ギレンの嗅覚は彼には遠く及ばない。チョウ・ギレンは高橋塔子に向き直り、「どう思う?」と聞いた。「いいと思います」と高橋塔子は即答した。そうだよね、僕も気に入ったな。二日もらえれば実物をご覧いただけますよ、と画商が言う。そうだねお願いできるかな。ウィ、ムッシュ。

そのようにして、二日後の昼下がりに二人は再びクリニャンクールを訪れることになった。これは高橋塔子の美しさを思って悶《もだ》えるトニー・セイジにとっては朗報であるのだが、彼には知る由《よし》もなく、手の届かない女性に胸を焦がし、インターネットで東洋人女性を検索し続けていた。漢字やハングル、平仮名やカタカナに縁取られた美女を次々と表示させながら、トニー・セイジは高橋塔子を想《おも》う。これまで東洋人女性は皆同じに見えていたが、今では美女たちが持つそれぞれの魅力に胸が躍る。中でも台湾のとある女優が彼の目に留まった。高橋塔子とはまた違ったタイプの美女だが、どこか似た雰囲気がある。これまで彼が見たことがないものを映してきただろう瞳、何かを言いあぐねるように緩く結んだ唇。

　トニー・セイジの今は亡《な》き父、ドンゴ・ディオンムは息子と違って東洋人美女に特別な関心を持ったことはない。アフリカから一歩も出ようとしなかった彼が直接会ったことのある東洋人は、春日晴臣だけである。ドンゴ・ディオンムは同時代の七十億人の中で、もっとも多くの子供を持った人間だったのだが、東洋人との間に子供はいない。彼は掛けあわせについて興味を持つことはなかった。しかし、シェアについては頻繁に考えていた。次の世代という枠組みの中で、自分のＤＮＡが地球上で最大のシェアを占めている可能性があるのではないか？　その考えはドンゴ・ディオンムを痛快にさせた。だが、彼が亡くなった時点で生存していた子供の数は、実は少なかった。もちろんドンゴ・ディオンムはそのことについても考えたことがある。彼に言わせれば、人の生は長さのみで価値を測られるべきではない、ということになる。何を成したかですらない。何を感じたかだ。どれだけ強い感覚を得たか。たとえそれが苦痛であったとしても。しかしそんなことを考えた当の本人は誰よりも苦痛を嫌っており、万能感に満たされながら痛がる暇もなく即死したのだから勝手なものである。

ドンゴ・ディオンムが最後に会話をした人間となったトマス・フランクリンは、春日晴臣ら調査団のメンバーとともに帰路のトランジットでパリの空港に着き、ロワシーバスでオペラ地区へ移動した。現地調査の慰安も兼ねて、宿泊先にヴァンドーム広場付近の五つ星ホテルが用意されている。チェックインを済ませたトマス・フランクリンは、外を歩きながら考え事にふけった。憎むべき「実績報告書」についてである。学部長が替わるまではお使い報告のようなこんな制度はなかった。だが考えてみれば、就任挨拶《あいさつ》の時からその予兆は既にあったのだ。硬質な肌に皺の深く刻まれた柔和さのかけらもない学部長は、「大学は今窮地に立っています」と開口一番に宣言した。会議に出席していた教授陣は、予期していた退屈な演説とは様子が違うことにかすかな驚きを覚え、異国からやってきた新任の学部長に注目した。勘のいい者なら、彼の経歴から気付いたかもしれない。二十代で経営コンサルティング会社に勤めながらMBAを取得し、退職後の余暇で美術史の博士号を取った後に、アメリカの州立大学での勤務を経てやってきたこの学部長は、リストラクチュアリングの腕を見込まれて抜擢《ばってき》されたのだということを。前職において彼は、財政難にあった州立大学の収支を見事に立て直した。彼が行ったのは徹底したリストラである。手始めの施策として、まずは紙を使った。彼は教授達のあらゆる活動に報告義務を課し、新しく定めた様々な書式で報告させた。これには狙《ねら》いが二つあった。ひとつは嫌気がさして自ら退職を願い出るように仕向けること、もうひとつは付け入る隙《すき》を見出《みいだ》すことである。報告書の記述が不正確でないか、手を抜いたり、そもそも提出の義務を怠ったりしないか。厳正さがサディズムに正当性を与えることを学部長は熟知している。留保もなく、情状酌量もなく、ただあらかじめ皆に開示されたルールに則《のっと》って評価されるというディストピア的世界を、ふだん霞《かすみ》食って生きてますと言わぬばかりの顔をした教授陣が味わえばどのようなことになるだろうと考え、彼は胸が躍るのを抑えることができなかった。

「終身在職権はこの度大学規則の特例5条の適用によって一旦《いったん》リセットされますので、皆さんには本年度から公正な競争をしていただくことになります」「私を含め人文科学で研鑽《けんさん》を積む高邁《こうまい》な志をもつ者は、特に庇護《ひご》を期待することなく、時には命がけで自らの思想に殉じねばなりません。大衆のために命を賭《と》して思想を紡《つむ》いだ偉大な先人たちに、今こそ思いを馳《は》せてみましょう」就任の挨拶でここまで言っていたにもかかわらず、これから何が始まるのかを察知した聴衆は実は少なかった。明敏なトマス・フランクリンは万が一に備えて、その晩から手紙やメールを出して旧交を温め始めた。

働く土地にこだわりはなく、呼ばれればどこへでもいくつもりだった。研究分野を頻繁に変えるにはその方が好都合であったし、新しい言語をマスターすることは苦にならなかった。とは言え、与えられた条件下で全力を尽くすのがトマス・フランクリンの流儀である。いよいよとなれば新天地にでも赴くが、差し当たり現職を全うしたいと考えている。

ルイ14世の騎馬像が建つ円形の広場で踵《きびす》を返す頃には、トマス・フランクリンの頭の中で報告書の構成がまとまりつつあった。今回の調査団に参加するに当たって提出させられた「参加目的」には、達成の度合いをみるチェックポイントが設定されていた。学部長の手にかかれば、曖昧《あいまい》な記述は問い質《ただ》され、修辞は排除される。例えば今回の場合、トマス・フランクリンが最初に提出した文章は「特定地域において、人身売買を目的として計画的に新生児を出産させる非人道的行為の実情を調査するため、国連組織の調査団に参加する」というものだったのだが、これを受けてまずは「参加することが目的なんですか？」と来る。意義があるように記載すればそれで良かろうと構えていたのだが、「参加するだけなら誰でもできますよね。その辺の学生ではなく、教授、多くの経験と高い見識を持つあなたが参加する意義と目的を教えてください。それとも高邁かつ優秀なあなたが参加するだけで、即《すなわ》ち価値があるということなのでしょうか？」との言葉に再考を余儀なくされた。その後もさまざまな言いがかりめいた指摘を受けた末、最終的には次のような認識でこの度の調査団に参加することが相互に確認された。「一部が国民の血税によって運営される本学所属の文化人類学者の立場で国連組織の調査団に参加するのであるから、以下の達成に心血を注ぐことをここに誓う。①調査団参加要請書に記載のある主要目的「現状の把握」のため、具体的な調査結果を本学に報告する②報告書では三つ以上のイベントを取り上げ、日時、参加者を明記の上、詳細を簡潔に記し本学に提示する③調査中の会議では必ず議事録をとるか、書記が記録したものを入手し報告書に添えて本学に提示する④会議の際には必ず一度は発言をする⑤調査結果の分析をもとに対応策について三つ以上の提言を作成し、報告書に添え本学に提示する」当初記したものからは随分変わってしまったが、これはまだ生やさしい部類である。勘の悪い教授の場合、文章のやり取りを延々と続けた末に参加する価値なしとされることもあった。ただしその場合でも、学部長自ら処断することはない。しかし、「学問の自由は何よりも尊重されなければなりません。そして自由には責任が伴うことは皆さんがよくご存知の通りです」と朗らかに伝えられた者の多くは、希望していた研究なり調査の着手を見合わせた。そのような態度を見るにつけ、この腰抜けどもが、と心の中で吐き捨てる学部長だったが、価値なしとした業務に従事した者の評価は容赦なく下げるつもりでいるのだから、始末におえない。サディスティックな性向を持つ彼は、右に行こうが左に行こうが、どちらにも行きかねて立ち往生しようが、どんな態度をとっても難儀する環境を作り、他人をそこに追い込むことを好むのだった。

オペラガルニエまで戻ってきたトマス・フランクリンの脳内は大学のことを離れ、今は亡きドンゴ・ディオンムとの会話を再現しようとしていた。罪の意識を感じるべきではない、あなた方こそ傲慢だ、とあの赤ちゃん工場の工場主は言っていた。丁度その時、カレン・カーソンも同じ男のことを考えていた。あんな男がいていいわけがない。少なくとも私はあんな男がのうのうと生きていられる世界は嫌だ。彼女の考えとは無関係に、ドンゴ・ディオンムは既にこの世から去った後なのだが、そのことを当然彼女は知らない。彼女はこれまで対処してきた多くの物事と同様に、今回の件を単純化して捉《とら》えることにした。それは観察対象と自分との間に直接的な関係がないという考えを担保にした態度なのだが、実はドンゴ・ディオンムと彼女はあながち無関係とも言えないのだ。カレン・カーソンとドンゴ・ディオンムの血筋は後に混ざり合い、その末に人類史上最も多くの金をつくった田山ミシェルが生まれることになる。しかしそのことを知らない彼女は、二番目の夫との死別後に得た、唯一《ゆいいつ》の子供に看取《みと》られて亡くなる日まで、いつも忘れた頃に蘇るドンゴ・ディオンムにまつわる記憶に悩まされはしたものの、その度に蜘蛛《くも》の巣を壊すように無造作に払いのけるのだった。

翌朝、カレン・カーソン、ケーシャブ・ズビン・カリ、トマス・フランクリン、春日晴臣の四人は朝食のビュッフェで顔を合わせた。一つのテーブルに集まって食後のフルーツやコーヒーを摂《と》りながら、夕方のフライト時間までパリの街を散策しないかという話が持ち上がった。さて、それではどこに行くか。話し合いはいつしか三人の男達が提案し、カレン・カーソンがジャッジするという流れになっている。男性をランキングする癖のあるカレン・カーソンは、序列が一番上であるケーシャブ・ズビン・カリの意見を採用したいと思ったが、彼の提案するポンピドゥー・センターにはこれまでに何度も足を運んだことがあるため気が乗らなかった。彼女が興味を持ったのは、序列の一番低い春日晴臣が提案したクリニャンクールだった。蚤《のみ》の市で有名な街とのことで、カレン・カーソンが食傷気味の、観光客向けに整備された美術館や教会などとは違うようだと思った。

ポルトゥ・ドゥ・クリニャンクール駅前にタクシーで乗りつけた四人が車を降りると、すぐさまサングラスを売りつけようとして、黒人男性と前歯の抜けた白人男性が迫ってくる。ケーシャブ・ズビン・カリは考えなしに付いて来てしまったことをすぐに後悔することになった。駅付近には多くの露店があり、売り手も客も、人間が大勢いる。人種も出自も年齢もばらばらな人々がそれぞれに発する匂い。何もかもをあけすけに発散しているようにケーシャブ・ズビン・カリには感じられる。クェレ人の作った素焼きの土偶、アラブ人の水パイプ、ルイ・ヴィトンのキャリーバッグ、チョウ・ギレンのキティちゃん。ケーシャブ・ズビン・カリの鼻は周囲に満ちる雑多な匂いを求め狂おしげにうごめいたが、彼は条件反射的にそれに抗《あらが》い懸命に嗅覚を紛らそうとした。だが本当は、彼は正反対のことを望んでいたはずだった。この匂いの洪水の中での、最大限の能力の解放を。しかし彼が自分の天性と向き合うことになるのは、まだ少し先のことである。

ケーシャブ・ズビン・カリの前を歩くカレン・カーソンは、彼とは対照的に久しぶりの解放感を味わっていた。なんてくだらないものを売ってるんだろう。使いかけの絵の具と描きかけの絵画、垢が革にしみこんだソファ、片方だけの靴、売る方も買う方もどうかしている。こんなガラクタみたいなものを求めてこんなに人が集まっている。というより自分もその一員なのだ。カレン・カーソンは思わず吹き出した。なぜ、あの座面の破れた椅子《いす》が1000ユーロもするんだろう。何にでも序列をつけてしまう彼女も、さすがにお手上げだった。そんな自分の癖がばかばかしく思えてくる。いつの間にか彼女の頭には夫の顔が浮かんでいる。環境生物学の世界的な権威とされている彼の名声。彼女が知り合ってきたエリートたちの中で最も優秀な男性。程よく世慣れていて、女の扱いもうまい。でも、私は彼との生活に息苦しさしか感じなくなっている。男を厳密にランキングすることができたとしても、きっと意味なんかないんだ。

確かに人間を厳密にランキングすることにはほとんど意味がないと、後に判明する。だがそれは、ランク付けの手法が行き過ぎなまでに発展した後のことであって、この時点で決めつけるのはいささか早計というものだろう。容貌《ようぼう》、頭脳、肉体の三つの基礎パラメータをまずは測定し、チャートが重なる人間が現れたなら、さらに細かなパラメータを用いる。ランクを付けるには、それが最もオーソドックスなやり方である。

基礎パラメータが三つとも重なる人間は、一世紀に一、二組しか存在しないこともあり、信仰、才能、感情等の因子論が体系化されるまで、この手法はかなり効率的であると長い間考えられていた。それに比べると、カレン・カーソンの恣意《しい》が多分に入り込んだランキングはまったくお粗末であったと言う他ない。だがこの時はまだその手法が実用化されていないのだから、彼女を責めるのも酷というものだろう。

カレン・カーソンは露店街をそぞろ歩く予想外の楽しさで気分が高揚し、本来の目的である常設の骨董店街へ、本物のアンティークを観《み》に行こうと思った。そんな彼女を見透かすように、頭上では太陽が、田山ミシェルの大錬金の材料であるところの太陽が輝いている。彼女の向かう先の骨董店街では、画廊を再訪したチョウ・ギレンが、取り寄せた「コバルトの具現」の絵画の購入を決めたところだ。白人店主に丁重に見送られて露店街の方へ戻りながら、チョウ・ギレンは同伴している高橋塔子にナショナル・ジオグラフィック・チャンネルで見た額縁職人についてのうんちくを語っている。チョウ・ギレンは、自分のところのキティちゃんグッズを置く露店をもう一度見ておこうと思っている。この時、高橋塔子とカレン・カーソンの距離は１㎞も離れていない。まさにこの二人は、オーソドックスなランキング手法における稀《まれ》な組み合わせである。つまり、高橋塔子とカレン・カーソン、この二人の基礎パラメータは全く同じだった。二人は偶然にも同じタイミングで、ふと頭上を仰ぎ見た。そこには当然太陽が、金を生成するにはエネルギーの足りない太陽が輝いている。

ドンゴ・ディオンムの誰にも読まれることのなかった著書の一節に、錬金術についての記述がある。「太った西洋人」の一人、あるアメリカ人博士が「名前」について論じた著書への批判を締め括《くく》るくだりだ。

「錬金術が目指した二つの目的は、つまり不老不死の実現と金の生成は、人類の究極的な目的だったのではないか」

まじめに問題提起しているのではなく、アイロニーのつもりで書かれたことだが、大錬金を試みる田山ミシェルの祖先にあたるドンゴ・ディオンムがこのように記していたという事実は、非常に興味深い。不老不死が実現し、つまりドンゴ・ディオンムが著書の中で「人類の第二形態」と分類する段階にあって、人々は「人類の第一形態」の頃と比べるとかなり異質な時間感覚を有するようになっていた。過去から未来へと続く時間を横倒しにして、掌中に収めるように把握するに至った人々にとっては、かつて起こったことも、今目の前にあることも、いつか起こることも、区別する必要がなかった。起こる順序によって物事の扱いを変えるのは、馬鹿《ばか》げたことであるとも考えられていた。

　このように変容した時間感覚に加え、パラメータや因子が自由に変更できるようになった第二形態においては、個人を記述の束によって固定的に指し示すことは困難になる。特定の人間についていくら詳しく記述しても、取替え可能な他の誰かのことと見分けが付かないからだ。例えばドンゴ・ディオンムについて語るとする。ドンゴ・ディオンムは男である。ドンゴ・ディオンムの身長は183・5㎝である。ドンゴ・ディオンムは頭脳明晰《めいせき》である。ドンゴ・ディオンムは持久力があるが瞬発力に乏しい。ドンゴ・ディオンムは右の頰に大きなほくろがある。ドンゴ・ディオンムは赤ちゃん工場の元工場主である。第一形態においてドンゴ・ディオンムに固着しているかのようだったそれらの要素は、第二形態においてはいかようにも付け替えが可能になっている。ドンゴ・ディオンムは男でも女でもあり、体型は様々で、頭脳や身体の能力は鋭くも鈍くもある。ほくろはいたるところにあり、あるいはまったくない。ドンゴ・ディオンムに対してなされたこれらの記述の束を、誰もが身にまとうことができる以上、同語反復的に名指しされるしかなくなったドンゴ・ディオンムの固有性は、名前を殊更《ことさら》に命題として掲げないのであれば、消滅の危機に晒《さら》される。仮にこのことを物理的に表現するならば、原子レベル以下に細分化された層でドンゴ・ディオンムを見ることになり、細かな粒と運動エネルギーで構成された海の濃度のようなものとして彼を捉え得るものの、どこまでがドンゴ・ディオンムでどこからがドンゴ・ディオンムではないのかを厳密に指定し得ないのに加え、限りなくそれが薄まることも、どのような配置になることも、同じ構成パターンが繰り返すことも約束されている時、ドンゴ・ディオンムは果たして固定的に指し示し得るのだろうか、という疑問へと換言できる。

これに関連し、ドンゴ・ディオンムは誰にも読まれることのなかった著書の中で次のように述べている。「相反する二つの思考体系から手を伸ばしたときに双方から手の届かない、その合間にあるもの、それに近付こうとするならば、並び立つ二つの項をともに味わい続けることが何より重要となる。そのようにしてようやく、初めに何がいいいのか、に手を伸ばすことができるのだ。過程と結果、存在と認識、目的と手段等、並び立つあらゆる二つの項が、もはや区別をつける必要もなく、打ち消しあうこともなく、調和の取れた状態で在り続けること。その過程で当然あるべき落とし前がついていくことになる」

錬金術の二つの目的に絡《から》めて論じるならば、人類の第二形態において不老不死が実現していた以上、田山ミシェルが小錬金と呼んだ穏当な形で金の生成を継続させていれば、不老不死と金のどちらが目的でどちらが手段かを区別せぬ、調和の取れた状態が長続きしたかもしれない。しかし現実には不老不死の実現の後になってから、人々の総意が田山ミシェルの大錬金を志向し、人類は終末を迎えることになる。ドンゴ・ディオンムの文脈に則って敢《あ》えてまぜかえすならば、「人類は不老不死を手段とし、金の生成を最終目的とする存在だった」と言うこともできるのではないだろうか。ひどい暴論ではあるが、これに反論できる者はいない。古《いにしえ》の哲学者のインスピレーションに始まった錬金術を、田山ミシェルが史上最も大掛かりにやってのけるのだが、彼を賞賛する者もまたいない。大量の金が生まれる過程で発生したエネルギーが、地球上の生命をことごとく焼き尽くしてしまうからだ。

本来、金を作るのに、太陽のエネルギーでは足りなかった。人類は長い歴史の果てに自然法則を覆《くつがえ》し、奇跡的な量の金を生成したのである。ただし、奇跡と見做《みな》されていたものが、時を経て単なる物理現象として一般化される例はありふれている。例えば昼間に太陽が空からなくなる日食は、第一形態の初期において奇跡と見做されていた。しかし、第一形態の末期には、衛星と惑星そしてそれらの中心にある太陽の軌道が見せる、必然的な現象であることが知れ渡っていた。大錬金が出現させる金の塊を奇跡と見做すか否《いな》かも、人類の第二形態以後の時の経過によって変わるかもしれない。

奇跡か必然かはどうあれ、希少な現象の珍しさを味わうことはできる。しかし残念なことに、時宜を得ずに起きた現象が誰にも知られずに終わることはままある。例えば、カレン・カーソンと高橋塔子によってクリニャンクールでなされた出来事は、十分な人目のある場所で起きたにもかかわらず、受け手の人々の観察力が不足していたために、その希少性に気づいた者は誰一人いなかった。容貌、頭脳、肉体の三つの基礎パラメータが全く同じという、一世紀当たり一、二組しか現れない組み合わせの二人が、1㎞足らずの距離に近づいている。カレン・カーソンは骨董店が並ぶ一角に向かって露店街の中を歩いており、高橋塔子は画廊から出て露店街へと向かっている。そのカレン・カーソンのすぐ後ろを春日晴臣が彼女の臀部《でんぶ》を眺めながら歩いている。その後ろには嗅覚を紛らそうとしてぱくぱくと口呼吸をするケーシャブ・ズビン・カリが続き、トマス・フランクリンは報告書のことが気がかりで皆とはぐれそうになっている。

そんな博士たちの前方に、チョウ・ギレンが現れる。彼はデジタルカメラを構え、自社工場のキティちゃんグッズを置いた露店が周囲で最も繁盛《はんじょう》している様子を、引きの構図で撮った。その写真には、なんと、高橋塔子とカレン・カーソンが一緒に写りこんでいる。基礎パラメータが全く同じ二人が一枚の写真に収まるとは、これは天文学的な確率であり、奇跡と言っても過言ではない。しかし、未《ま》だパラメータによって個人を判定する術を持たない人々には、それがどれだけ希有《けう》であるのかを認識することができない。おまけにその写真には、春日晴臣も小さく写っていたのだ。デリヘル嬢とその客として数日前東京のホテルにいた二人が、遠い異国の地で同じ写真に収まることもまた、非常に珍しいだろう。露店で売り子をしていたトニー・セイジが、驚きをもってその場景を凝視している。確かに彼の目の前で奇跡的な事象が起きているのだが、トニー・セイジはそれに感心しているのではない。二度と会えないと思っていた美しい東洋人女性が再び現れたことに驚いているのだ。彼は思わず、妄想が高じて形をとったのではないかと自分の目を疑った。

高橋塔子もまた、トニー・セイジを見ている。凝視していると言っても良い。とはいえ、彼女はトニー・セイジ個人を識別しているわけではない。彼女はトニー・セイジの熱い視線を感じながら、男性全般について考えているのだった。出奔してからの五年間、ほとんど誰からも庇護されることなく生きてきた彼女の目に、男性は砂糖に群がる蟻《あり》のようなものとして映った。一定の美貌を持つ女に、男は確たるビジョンもなしにわらわらと寄ってくる。そのモチベーションは彼女にとって不可解なものだったが、ふと羨《うらや》ましく思うこともあった。自分の持つものが蛾たちにとって甘美であるとすれば、それそのものをあげるから、自分も蛾の方になってみたい、と彼女は思った。しかし、高橋塔子は気づいていない。彼女もまた光源に向かって翅音《はおと》を立てる虫のようにふらふらと飛び続けている。中野区の自宅アパートで深夜に手首を切った時、彼女には遠くから何かに無理矢理照らされているような感覚があった。張り詰めた痛みを感じ、薄い色の血が手首を伝うのを眺めながら、このまま血を流し続ければどうなるんだろう、と彼女は思う。やっぱり死んでしまうのだろうか？　傷口が熱を持ち、疼《うず》くような鼓動を感じる。死に近付いているはずなのに、鼓動は一層強くなるようだった。境界のあちら側に手をのばしているような感覚があった。自殺したあの子と違って、私には納得のいかないことだらけだ。駄目になったものは二度と元には戻らないとあの子は言っていた。この世にはゴミのような人間しかいなくて、それは自分も同じなのよと言っていた。その中でも私はよくやった方なのと言っていた。でも、それは本当だろうか？　だけど絶対に私は死なないんだとあの子は言っていた。傷口を見ていると、不意に強烈なまぶしさを感じ、思わず目をつむりそうになる。彼女はそれに抗うように目を見開く。そうやって目を凝らすことで、自殺した友達が行ってしまったその先ではなく、元々いた場所でもなく、その合間の、とても細い線の上に留まり続けることができるような気がした。

基礎パラメータが同一であっても、カレン・カーソンが高橋塔子ほどの激情にかられることは、人生を通じてなかった。クリニャンクールを歩くこの時も、高橋塔子が自殺した友達のことを想うよりもかなり弱い感情でもって、夫と離婚する意志を固めていた。カレン・カーソン自身にとっては切実でも、その情動は高橋塔子の15分の1程度である。ドンゴ・ディオンムの考え方に従い、どれだけ強い感覚を得たかで人生の価値を測るとすれば、高橋塔子の方がより価値のある人生を歩んでいると言えるだろう。カレン・カーソンは離婚を進めるための算段をしながら歩いている。誰にどの順番でほのめかしていくか。どうすれば円滑に事を運ぶことができるか。考えている内に自分が夫のことを全く愛していないことが浮き彫りになり、きまり悪さを覚える。まるでそもそもが完全に打算で始まった関係であったように思えてくる。既に名声を獲得していた夫と結婚することで、野心も才覚もあった彼女の立場がより強固になったことは確かだった。生物学者である夫、フレデリック・カーソン氏の業績は、彼のために新しい学術分野が調えられるほどに独自性を有したものであると認められていた。人類全体を俯瞰《ふかん》するような巨視的な視座を持ちながら、カーソン氏が具体的な事象を扱って行う分析は細密で慎重だった。彼女がまだ学生だった頃に読んだ彼の著書「鉄と法、座標と温度」は、生物としての人間が特権的な立場を獲得していった過程を卓抜した視点で論じた名著とされている。当時のカレン・カーソンも感銘を受けたはずだった。しかし既に、彼女はその時の感覚をうまく思い出すことができなくなっている。夫があれだけの頭脳を持ちながら、なぜ自分のこととなると一面的な見方しかできなくなるのか、理解に苦しむ。カレン・カーソンがどこに居て何をしているのかを把握しようとし、彼女のキャリア上のステップに細かく口出しして判断を押し付ける。彼女の人生が彼の支配下にあるかのように振る舞い、自分の助言内容の正しさを説明する。露骨に言えば、彼の世界観はつまり、環境を操作し得る上位者は下位者に対してよりよいことのために介入すべきでありそれは上位者の責任でもある、ということだと思った。改めて彼の著作を読み返したカレン・カーソンがそこから読み取ったのは、おぞましいまでの強烈な自我だった。よく読むとそこには自分以外の人間の存在を認めない非寛容が見て取れた。自己中心的で、幼児的な暴力性を持つ、凝り固まった思想家、それが自分の夫なのだと思った。だが、離婚が成立し、二年後に学生時代の友人と再婚してしばらくすると、彼女はカーソン氏と二番目の夫とを比較するようになる。悪魔のように冷徹な頭脳、まがまがしいまでの才気。離婚する寸前は疑り深い初老の男にしか見えなくなっていたが、離れてみると輝いて見える。結局のところ、カレン・カーソンには自分が何を一番に欲しているのかがわからないのであって、人生の終盤に差し掛かっても、覚束《おぼつか》なさはより一層募っていく。だが、それでも引き返すことはできない。渇きに耐えながら、運やめぐり合せが悪かったと諦《あきら》めるしかない。

田山ミシェルの代まで下ってみれば信じがたいことかもしれないが、同じパラメータを有する高橋塔子とカレン・カーソンの人生がこうも異なるように、第一形態においても、人生は無為に転がっていくものだった。基礎パラメータを修正することもできず、それればかりか生まれ持った条件で試みる十分な間も与えられずに、幼くして死期を迎えることさえあった。第一形態における人生とはそのようなものだった。

ドンゴ・ディオンムが誰にも読まれることのなかった著書の中で、「愛すべき偶然」と表現したものは、人類の未来に対する警鐘のつもりであったのか、はたまた羨望《せんぼう》混じりの強がりであったのか。

「偶然性を徹底的に排除していく内に、人類の第二形態にある人々はいつしかそれが究極の贅沢《ぜいたく》品であったと懐古することになるだろう。あらゆるものが正しく配置された世界で、生が偶然そのものであったことを思い出すに違いない。生を終わらせるのも、始めさせるのも、偶然によるべきだったと、人々は永遠の無感動の中で実感することになる」

ドンゴ・ディオンムの9代後の子孫である田山ミシェルの存命中にも、偶然賛美の大きなムーブメントが何度か興《おこ》った。中には偶然崇拝主義者と呼ばれるほどに先鋭化した集団もあった。偶然崇拝思想は、西暦の節目に流行《はや》りやすいようだった。その思想に染まりきった者は、ルーレットのようなものを使ってこの先も生を続けるかどうかを決めるのが常だったが、厳密に言えばそんなものは偶然とは呼べないだろう。この当時、自殺は歴《れっき》とした違法行為である。疾病や傷害の救命率がほぼ100％に達した頃から、それまでの人類の歴史の中で累積《るいせき》された感情・思考パターンの全《すべ》てを消化して死んでいく「消化死」との区別が明確にされた。死ぬまでに経験しておくべきそれらのパターンは、人生のチェックポイントとして整理され、のべ人口に比例して増加し、細分化されていく。

偶然崇拝主義者が賭博《とばく》的な自殺を遂げることは、倫理上特に許されざる行為であるとされていた。しかし、人々の大半が信仰因子を改変した経験のある世において、罪の概念は多様化し、それを咎《とが》める懲罰は曖昧化して機能しなかった。他方で、「他人の許されざる行為を看過する」ことが、人生のチェックポイントの一つであったのだから、事態は複雑である。罪というものの認識はどんどん希薄になり、「他人の許されざる行為」の水準は上昇する一方だった。喜ぶべきことに、あるいは悲しむべきことに、田山ミシェルの大錬金が許容される下地は着々と整っていく。

在りし日の田山ミシェルは、そのような時代の趨勢《すうせい》に対して激しく反発していた。彼が好んで居住していたのは、9・26㎡の狭い個室である。顔の前で手を組んで考える彼の周りには、脂肪酸の複合物や澱粉《でんぷん》粒がべったり付着したポリマー製の容器が散乱している。身じろぎした肘《ひじ》が箱形のコントローラーに当たり、切り替わったディスプレイでは人類史上最高のジョークが飛び交う。人生のチェックポイントを通過する毎《ごと》に多くのタブーを捨ててきたため、それを見て笑う人はほとんどいない。それでも精神衛生を保つために、「笑いの型」を取ることも時に必要である。田山ミシェルは苛立《いらだ》ちを覚える。第一形態の先人たちが多くの犠牲を払い、大量の血を流して辿《たど》り着いたのがこの退屈なのか？　いたたまれなさに耐えられなくなると、彼は第一形態体験装置に入り、かつての人類の人生を疑似体験した。装置の中での設定は、性別、年齢、人種、境遇等がその都度異なった。その程度の設定の差で、行動の結果やそれに伴う感情に劇的な変化が生まれることが、ひたすら楽しかった。田山ミシェルが人知れず大事にしている、自我や自分らしさといったものも、装置の中では自然な形で反映されるのだった。

装置を出て現実の世界に戻ってくると、田山ミシェルは一層の寄る辺なさを感じた。そのような時、田山ミシェルの頭部は神経質に揺れだす。メディアを通じて共有された彼のその癖が、人々の目にはたまらなく魅力的に映る。既に語り尽くされた芸術作品に的外れな解釈を付け加えてみたり、疑似体験に過ぎない大昔の人生に涙を流したりする彼のことを、人々は興味深く観察した。その内に、田山ミシェルは9・26㎡の個室に閉じこもって出てこなくなる。「今度は何をやってるんですか？」と人々はメディアを通じて田山ミシェルに問いかける。田山ミシェルは無愛想に口を噤《つぐ》んだままだった。それでも人々は彼への関心を失わず、穏やかに見守り続ける。やがて根負けしたように、「金をいっぱい作るんです」と田山ミシェルは言った。「金？」「そう。いっぱい金を作るんです」何のことやら思いもつかず、人々は詳細を聞きたがった。田山ミシェルの頭部の揺れが激しくなる。

第二形態の人々は金に対して淡白であるかもしれないが、第一形態の人々にとって、金をなるべくたくさん作るのは、勤勉さの証《あかし》でもあった。仮に貧困や生存競争とは縁遠い人間に限った場合でも、配偶者や恋愛対象を選ぶ際に相手の金の保有量に価値を置くことはごく一般的なことだった。例えばチョウ・ギレンの妻がそうだ。彼女は極端な拝金主義者であり、その妻のことをクリニャンクールの露店街で思い出したチョウ・ギレンの心は、ずしりと重くなった。勢いで、3万6千ユーロもする抽象画を購入してしまった。その程度の出費で懐《ふところ》が痛むわけではないが、彼の妻はアート関連の高額出費にはとても厳しい。本物のアートであれば、金よりも保有する価値があることを彼女も知らないわけではない。だがリアリストである彼女は、チョウ・ギレンの鑑識眼に懐疑的だった。以前南アフリカの展示販売会で購入した絵画を持ち帰った時に、チョウ・ギレンは恐ろしい目にあった。「で、その絵は1gいくらなの？」と妻は言ったのだった。「グラム？」なぜここで重さが出てくるんだ？　冷徹に購入価格を尋ねてくる妻に、本当は12万ドルしたのだが10万ドルとさばをよんだ。それを聞いた妻は大げさにため息を吐き、メイドに秤《はかり》を持ってこさせて彼の目の前に置いた。「いい？　よく聞いてね。この絵がもし2kg以下だったら、どうするつもり？　そしたらあなたはグラム当たり金より高い代物《しろもの》を買ったことになるのよ。もしそうなら、ねえ、誰かが絵の具をちょこちょこ塗っただけのこんなものに、そんな価値があるとあなた、本気でそんなこと思っているの？」何かの冗談だと思い、「油絵だからね、結構重いよ」と返したチョウ・ギレンだったが、妻の目付きに背筋を凍らせた。秤に絵画が乗せられる。秤の皿がキャンバスの重みでぐらぐら揺れる。８５００ｇ。よかった、金よりは安い。それでも不満そうな妻は彼を睨《にら》みつけ、「視界に入ったら切り裂いちゃいそうだから、目に付かないところにやることね」と言い捨てて部屋を去った。以来しばらくの間、チョウ・ギレンはアート関連には手を出していなかった。クリニャンクールで購入した「コバルトの具現」は、アートとしての価値はともかく重量はあるので、グラム当たり金より高いということはなさそうである。

人類の第二形態において、田山ミシェルが敢えて大量の金を作ることを提案した背景には、金が重要な価値尺度であった第一形態期へのオマージュがあったかもしれない。詳細を聞きたがる人々に対して田山ミシェルは、まずは材料として太陽を用いる必要があり、またその過程で人類は焼け死ぬことになるだろうと語った。太陽を使って行うそれがいかに大がかりなもので、どれだけ逃げ場がなく後戻りのきかないものなのか。そうと知っては絶対にやるべきでないとあなた方は思うだろうが、俺は、絶対にチャレンジしてみるべきだと思う。このようなことを田山ミシェルは皮肉たっぷりに力説した。もちろん本心では、それをやるべきではないと思っていた。しかし、それをやることで皆に起こる変化を経験してみたいという思いが、皮肉や本音の表層の下、本人も把握できないところでくすぶっていた。思考や感情が脳波レベルで共有されているこの時代、隠し立てはしようがない。口に出そうが出すまいが関係なく、極度に発展したメディアはあらゆる手段を用いて個々人の内面に入り込み、それを解釈し、皆に共有させる。私有の観念はとうの昔に捨て去られ、全ての個人の内面は当然のように人類の共有物となっていた。第一形態の人類にとっては遠い理想であったかもしれないが、喜ぶべきことに、あるいは悲しむべきことに、この状態の実現を阻《はば》む技術的な障壁はもう全部乗り越えられている。

田山ミシェルの思念を十全に受け取った人々は早速、田山ミシェルの提案であるところのそれを推進する可能性について協議する。人々の思いがメディアに吸い上げられ、総意としてまとまっていくまでのわずかな間、田山ミシェルは時代の趨勢に一矢《いっし》報いようとしていたはずの自分が、逆に酷《ひど》い焦燥に駆られていることを自覚した。彼の脳裏には、総意としてそれを受諾することになる人々が破滅していく像が浮かんだ。そんな彼の焦《あせ》りすら、総意の中に汲《く》み取られていく。田山ミシェルの頭部の揺れが激しくなる。しばらくすると、彼の予想に違《たが》わず、田山ミシェルの提案は実行されることに決まり、そのプロジェクトには「大錬金」という名前が付けられた。田山ミシェルの言う通り人類は一人残らず死んでしまうことになるかもしれないが、総意として、まあそれはそれでいいかということになったのだ。高グジャラート指数社会の恐ろしいところである。

だが、大錬金を提案した当の田山ミシェルは、なかなか踏ん切りを付けられずにいた。彼は酒に酔って街をさまよい始める。彼が街に出て未練がましくむさぼるのは、やはり第一形態時代の遺物ばかりだった。映画を鑑賞し、賭博をし、異性と交わり、体験装置に入って第一形態の幸福や苦悩を舐《な》めるように味わいながら、田山ミシェルは自問する。自分で提案しておきながら俺は、彼らがやすやすと呑《の》んでご丁寧に名前まで付けてくれた大錬金を受け容《い》れることもできないのか。やはり彼らは俺とは違うまったくもって高等な存在なのか。やつらには本当に、あらゆることがどうでもいいと思えているのか。俺は自分が死んでしまうのが怖いのか。なぜ俺はこんなにも自分というものにこだわってしまうのだろう。彼らは自分と他人とを同じだけ重視し、あるいは軽視し、そうすることに心から納得しているというのに、俺はいつまでもその境地に達することができない。寿命に縛られる時代は終わり、人類の夜はとうに明けているというのに、俺だけがいつまでも目を覚ますことができずにいるようだ。

もちろん田山ミシェル以外にも、個や生にこだわってしまう人々はこの当時も少数派として存在していた。また、田山ミシェルの傾倒していた人類の第一形態期においても、一部の芸術家たちが、未来のマイノリティたる「目覚められぬ人々」の疎外感《そがいかん》を予知した表現活動を始めていた。その中でも顕著な功績を残したのが、21世紀中頃にかけて興隆した芸術家グループ「コバルトの具現」一派である。彼らの活動を評するにあたっては、「前衛的」という言葉と、「時代錯誤」という言葉が相半ばしていた。一部にはスノビズムを批判する声もあったが、商業的な成功と芸術性の両立を高度な水準で成し遂げた彼らの活動は大いに評判を呼んだ。特に作品の中に織り込まれた、俗に「コバルトの憂鬱《ゆううつ》」と呼ばれるモチーフは富裕層に受けが良かった。「コバルトの具現」がグループ消滅までの間に残した作品は、大錬金で焼けてしまうまでその多くが残っており、様々な地域で定期的に展示され続けていた。

街をさまよう田山ミシェルが最後に立ち寄った美術展もまた、彼らの代表作が集められたものだった。入場してすぐに目に入るのは「コバルトの具現」に多大な出資をしたEmosynk社の創業者に贈られた壁画である。保存状態が良く鮮やかではあるが、単純な絵である。上から下に向かって海の断面を描いたように青が徐々に濃くなり、底の方になると黒に近づく。グラデーションを覗《のぞ》き込むと、別の色も入っていることがわかる。微小な黄や赤や緑は、気を抜くと全体に溶け込み識別できなくなる。鼻の先が当たりそうなほど壁画に近寄っている田山ミシェルの頭部が揺れ始める。彼は、他と混じり合っていない青のある箇所に気づいた。そこだけは塗りつけられずに、独立して打たれた小さな小さな点の集積で成り立っている。だが、今見ているほんの一部分だけではなく、壁画の全てが、針先ほどに尖《とが》った道具でもって気の遠くなるような労力で製作されたものなのだ。ゆっくり後退《あとずさ》りしながら、田山ミシェルはそのことにも気づいた。点が点として見えなくなり、さらに離れると、もはや一幅の絵として見ることもできなくなった。物質を媒介せずに、色そのものがそこに浮かんでいるかのようだ。そうしてなぜか、間近で見たときに目に焼きついた点の残像が鮮やかに浮かび、頭の中で勝手に膨張していく。田山ミシェルは不意に、途方もなく巨大な指で地表に押しつけられるような圧迫感に襲われた。目を瞑《つぶ》った闇《やみ》の中でも色が揺らめいている。

自分の生きる時代が、これを描いた画家達とは明白に隔たっていることを思い、田山ミシェルの胸は痛んだ。有限の時を費やさなければならない彼らの焦り、熱中、息づかい。絵を描いたりする芸術活動も、チェックポイントとしてもちろん残っている。だがそれと第一形態時代の行為との間には、根本的な違いがあるのではないか。我々は取り返しのつかないものを失ってしまったのではないか。そのような疑念を持つこともまた、チェックポイントの一つに数えられている。そんなことは、当然田山ミシェルも知っている。それでも彼が足掻《あが》いているのは、大勢が通過してきたチェックポイントとは似て非なるものを、自分なら見つけられるかもしれないと思うからだった。俺のこの思いは、これまで存在したのべ何百億人の人間たちとかぶっていないのではないか？　彼らの好奇の目にさらされながら、パラメータを変えることなく、生まれたまんまの条件でじたばた生きてきた他の誰でもないこの俺の、この思い。しかし残念ながら、そのように思うこともまた、チェックポイントの一つに入っている。この当時、チェックポイントを全て消化したらようやく人は死んで良いとされていたのだが、すべてを消化したからといって死ななければならないというわけでもなかった。もし気が向くならばいつまででも生きていていい。死んでもいい。どうでもいい。なんだよそれは、と田山ミシェルは憤《いきどお》る。

　ドンゴ・ディオンムは未来の世代における自分の遺伝子のシェアにこだわっていたが、彼の血を継ぐ田山ミシェルが人類の第二形態の末期に生きていることを知ったならば、いたく痛快がったことだろう。ドンゴ・ディオンムは、「肉体的、精神的なあらゆる活動の発展と衰退がすべて研究し尽くされ、歴史に残る大宗教家よりも深く修養を積んでいるのが、世の大勢となる」と未来の世相を予言していた。現実に第二形態を生きる田山ミシェルの苦悩も知らず、ドンゴ・ディオンムは誰にも読まれることのなかった著書の中で、こうも書き記している。

「そのような状況にあって、偶然性の復権をやがて人々は求めるようになるだろう。それこそが、第三形態への道である」

もしかすると、田山ミシェルはその自覚のないまま、ドンゴ・ディオンムの言う第三形態的なものへの道筋を探っていたのかもしれない。いずれにしてもドンゴ・ディオンムの著書を読むことのなかった彼は、この先も延々続いていきそうな人々の活動に何らかの区切りをつけたいと願っていた。そしてその結果、大錬金を着想してしまったのだ。

酒に酔ってふらつく田山ミシェルは、街を行きかう人々とよくぶつかった。街歩きをする人々には、体を持つ贅沢から脱しきれないような、精神練度の未熟な者が多かったが、それでも田山ミシェルからすると向こう側の人間に見えた。向こう側の人間の一人は、ぶつかってきた田山ミシェルを支える。そして嫌味のない程度の声量で、「あなたはこのまま転《こ》けたいのですか？」と聞いてきた。「であればこの手を離します」田山ミシェルはうなだれたまま何も答えなかった。そのままの体勢で五時間ほどが経過する。田山ミシェルを支えていた通りがかりの男の筋力が限界に達し、田山ミシェルと二人してその場に倒れた。静かな街に、音が響く。一瞬時が止まったように、周囲の人々が二人を見た。田山ミシェルの目から涙が流れた。田山ミシェルが大錬金に着手するのはこの直後のことである。

田山ミシェルの生きた第二形態末期における人類は、人口の増減がゼロに限りなく近づいてから久しく、いわば停滞していた。人生のチェックポイントから抜け落ちた感情や思考はほぼ皆無だと誰もが考えていた。田山ミシェルは、自分の様々な情緒がチェックポイントの中に組み込まれていることにいちいち失望し、窮屈さから逃れるように第一形態の人々を追慕していた。しかしもちろん、人生のチェックポイントは人間を拘束するために設けられたわけではない。この制度にはむしろ、人類が普遍的に掲げてきた理想を目指す結果として編み出された側面がある。人間は誰しも公平であるべきだという理想の実現には、生の有限性を克服した際以上に困難が伴った。理想の実現のため、パラメータ改変や因子注入等の技術が開発されたが、抜本的に世界が変わるのは技術が定着してしばらく後、人々の認識が変化した時である。まずは人生で経験されること全てがチェックポイントとして網羅され、全員がそれらを消化することで、希望も絶望も、喜びも悲しみも、その他のあらゆる心の揺らぎも含めその全てが等価なものとして実践される。その過程で、第一形態において良いとされていた状態……例えば美しい、裕福、才能豊か……と、悪いとされていた状態……醜い、貧しい、無能……とが等価であると誰もが認識するようになった時、ようやく形態すらも越え全人類の平等が実現するのだ。つまり、田山ミシェルが嫌悪《けんお》したチェックポイントは、彼が憧憬《しょうけい》を抱く第一形態では不可能だった理想を実現するためにこそあった。

第一形態の末期においては、限られた寿命と不平等のために、願望が極端に叶《かな》う／叶わないことで、無情や絶望に囚《とら》われて調子を狂わせる人間が非常に多く出た。例えば、パリのクリニャンクールを歩いている高橋塔子の前方に現れた、フルフェイスのヘルメットを被《かぶ》った男である。ナイフを手にして切りつける相手を物色しているその男は、第一形態の不平等の中で絶望に陥った人物の好例である。彼はこの時、わざわざ通り魔になるために遠方からやって来ていた。フランスのような身分が固定されかつ移民政策が盛大に失敗し貧者が街中で物乞《ものご》いするような社会は間違っているし要らないので俺がぶっ壊してやるんだ、という理屈をこね、彼はそれを信じ込もうとしていた。だがもちろんこれはお門違いであってうまくいかなかった。彼の不満はどこまでも個人的なものだった。より良い人生を送ろうと、これまで能《あた》う限りの努力を彼はしてきたつもりだった。だが、何もかもが思うように手に入らず、日々若さを失っていく恐れが募るばかりだった。あげくに勤めていた工場を解雇され、住む場所も追われそうになっている。努力の結果得られたのは、この世は自分にとって不必要なもので、この世にとっても自分は不必要なものである、という実感だけだった。どう考えてもかけた労力とリターンとが見合わない。あまりにコストパフォーマンスが悪い。だから、要するに全部いらない。

彼の思考力が月並みであることは置いておくにしても、短く要約されたその心の葛《かっ》藤《とう》は、本人にとっては切実である。人類の第二形態においては、このような心理状態は初歩中の初歩のチェックポイントであり、十分に苦しさを味わった後に各々《おのおの》はパラメータを修正する。そのことを考えると、ほどなくして人類が第二形態に移行することも知らずに、陳腐なパラメータのままでいるしかなかった彼が、通り魔となって一方的に非難されるのは少々哀れなことだ。

高橋塔子の激情には遠く及ばないものの、この通り魔はなかなかに強い感覚を得ることに成功している。通り魔らしい強い思い込みの中で、彼は次のように考えている。

俺がこの世に必要ないことは重々承知した。だが、俺と同じほど、あるいは俺以上に必要のない、価値のない人間がいるはずではないか。確かに彼の考えるとおりで、当時の人口七十億人中、オーソドックスに基礎パラメータで測るとするならば、彼は下から数えて三十億番目くらいである。因《ちな》みに通り魔になるまで思いつめる、あるいは通り魔になってしまうほど浅はかな人間が殺傷する対象として選ぶ相手は、次の三つのパターンに分類される。一つ目は自分よりも価値がありそうな人間、次に自分より価値のなさそうな人間、三つ目は偶然居合わせた人間で、その比率はおおよそ1：2：7である。つまり大多数の通り魔が、天災か何かのようにして人々に襲いかかることを好むのだ。クリニャンクールの通り魔もこのパターンだった。彼はまず、薄着の白人男性の太鼓腹を刺し、続いてそれを見て悲鳴を上げたカレン・カーソンの肩口を刺した。それから隣にいたトマス・フランクリンの額に切りつけ、次にケーシャブ・ズビン・カリを狙《ねら》ってナイフを振るった。滴下された薬剤の化学反応が丸く拡《ひろ》がるように、異変に気づいた人々が逃げ惑う。取り残されたのは、重傷の白人男性とカレン・カーソン、額を押さえて呻《うめ》くトマス・フランクリン、ナイフから身をかわしてキティちゃんグッズの陳列台をなぎ倒したケーシャブ・ズビン・カリ、恐怖で体を硬直させた春日晴臣、そして、次の標的を選んでいる通り魔と目が合った高橋塔子である。少し離れた所で、チョウ・ギレンがデジタルカメラを派手に取り落とした。

高橋塔子と目が合った通り魔は息苦しさを感じ、思わずヘルメットを脱ぎたくなった。ナイフを握る手が細かく震えている。高橋塔子は通り魔の感情の結び目を見つめるかのように、じっと目を凝らしている。通り魔の胸に場違いな記憶が蘇《よみがえ》る。今暮らしている部屋で始めた一人暮らし、少年時代から愛用していた古い型のＰＣ、容量いっぱいに曲がつまった第五世代のiPod、穴だらけのジーンズ、それらをひとつひとつダンボール箱から取り出していくときの気持ち。通り魔が未だ通り魔ではなかった頃の記憶。だがほんの五分前とは違い、彼は既成事実として通り魔になってしまった。我に返った彼は、堆積《たいせき》した思い込みで作り上げた計画を遂行しなければならないと思った。逃げる算段はつけてある。このようなことは、白昼堂々なるべく大人数を殺傷しようとするタイプの犯人には、かなり珍しいことである。俗に、「自分だってどうなってもいいのだから、誰に何をしてもいいはずだ」という犯人なりの理屈があるとして、この通り魔はその境地を通り越していた。そんなのでは全然足りない、俺はそこすら超えて上澄みだけ掻《か》っ攫《さら》い、逃げ切ってやるのだ、と息巻いている。

通り魔の動きは素早く、計画通り小柄な女性の人質を取って、つまり高橋塔子の首筋にナイフを当てて露店の裏手に入った。幌《ほろ》をかけて隠してあった５００ccのバイクに彼女を座らせ、自分は後ろから覆《おお》いかぶさるように座ってエンジンをかける。人などいくら轢《ひ》いても構わないと考えていたが、クラクションを鳴らすと人々は道をあけた。通り魔はそのまま幹線道路を北上してパリ市外へ抜け、海岸に向けてひたすら走り続けた。目指す先のル・アーブルには、計画段階で見繕っておいた海辺の小屋がある。市街地からも集落からも外れたその廃屋に女を置き去りにすれば、計画通りに上澄みを掻っ攫って逃げ切れるはずだった。だが、喜ぶべきことに、あるいは悲しむべきことに、完全に計画通りとは言えない事態が起きている。

事件の起こる少し前から高橋塔子に見とれていたトニー・セイジは、ケーシャブ・ズビン・カリが自分の露店に突っ込んできた衝撃で、一足遅れて周囲の異変に気付いた。群集が散って開けた視界に、高橋塔子がぽつんと立っている。やがて彼女が見ている男の手にナイフが握られていることに気づき、背に鉄杭《てつくい》が打ち込まれたような緊張が走った。そのまま高橋塔子が誘拐されるのを見ているしかなかったトニー・セイジは、念のため店にあるだけの現金を確保すると、近くに停めてあった通勤用のスクーターを取りに行き、間髪を容《い》れずに通り魔を追って走り出す。さらにもう一人、通り魔の去った方に向かって、鼻を突き出した前傾姿勢になっている者がいた。ケーシャブ・ズビン・カリの脳裏には、走り去ったバイクの残像が浮かんでいる。鼻が盛んに空気を吸い込むため、彼には過呼吸の症状が出そうになっている。

この混乱の場にいた人々の行動は、いくつかのパターンに分かれた。大多数は目の前で起きた凶行に注意を奪われて動きを止めているが、全く惑わされずに予定通りの行動を続ける者たちもいた。前者のほとんどはただ事態を静観していたが、やがて状況を好転させるために行動する者も現れる。既に救急車を呼ぶ電話が二本かけられ、看護師の女性が名乗り出て負傷者の脈を取り始めていた。一方、一連の出来事に惑わされなかったごく少数は、そのまま作業を続けたり、各々の目的地に向かって現場を去ったりしていた。例えばその場に居合わせたスリは、混乱を好機とみて、ツーリストたちの鞄《かばん》やポケットからさかんに金をかき集めている。

クリニャンクールの現場に最初に着いた二人組の刑事は、露店の金庫から金がなくなっているのを見付け、パトカー無線で次のように連絡した。「二人組による強盗。女性を人質にした模様。証言内容にばらつきがあり、逃走先は今のところ不明」二人組？　強盗？　いやあれは、いわゆる通り魔で、犯人は一人だったのではないか？　刑事のフランス語を朧《おぼろ》げに聞き取った春日晴臣は首を傾《かし》げている。過呼吸で気絶する寸前に鼻の暴走を押し止《とど》めたケーシャブ・ズビン・カリもまた、同じ疑問を抱いていた。傍らで慄然《りつぜん》としているアジア人男性に声をかけると、思った通り人質にされた女性の連れであった。弱々しくうなずくチョウ・ギレンを見るケーシャブ・ズビン・カリの脳裏に、走り去るバイクの像が再び浮かんだ。ケーシャブ・ズビン・カリの鼻が、また勝手に空気を吸い込み始める。肺が膨張し、視界が白くなる。気のせいかもしれないが、遠くでほのかにカレン・カーソンの血の匂《にお》いがする。それは彼女を乗せた救急車が去ったのとは真逆の、北西の方角に続いている。ステンレスの刃に付いたままの彼女の血に、別の人間から流れた血の匂いが、今にもほつれそうに絡《から》まっている。その匂いがぐんぐん遠ざかっていることが彼にはわかる。

だが三十年以上この能力を披露してこなかったケーシャブ・ズビン・カリには、それを根拠に行動することがいかにもためらわれた。しかし目の前のチョウ・ギレンの真っ青な顔は、事態の深刻さを物語っている。ケーシャブ・ズビン・カリは意を決し、チョウ・ギレンを刑事のもとに引っ張って行く。「この男性は誘拐された女性の知人なんですが、心当たりがあると言っています」刑事の鋭い目付きに喉《のど》がつかえそうになるが、切り出してしまった以上、後戻りはできない。ケーシャブ・ズビン・カリは刑事とチョウ・ギレンとの間で通訳をするふりをして、地図を所望した。すぐに寄越された地図のパリ郊外北西部のページを開き、ある地点を指さす。刑事の顔がますます険しくなる。目を逸《そ》らしたくなるのを我慢して、ケーシャブ・ズビン・カリはまっすぐに見つめ返した。

ケーシャブ・ズビン・カリとチョウ・ギレンは、現場に何台も到着していたプジョー社製のパトカーの一台に乗せられた。そうしてしまえば少なくとも身柄を押さえておけると、刑事たちが判断したからだ。加えてその刑事たちには功名心もあった。ケーシャブ・ズビン・カリと刑事が要領を得ない会話をしている内に、パトカーは地図の地点に差し掛かり路肩に停車した。賭《か》けが裏目に出たと落胆している刑事たちに、後部座席のケーシャブ・ズビン・カリが窓を開けるよう要求する。刑事二人は仏頂面《ぶっちょうづら》を見合わせたものの、「まあ、開けてやれよ」となり、ウィンドウが降ろされた。微風が入り込み、ケーシャブ・ズビン・カリは脳の片側が疼くのを感じた。鼻先がぴくぴくと動き、意識するより前にケーシャブ・ズビン・カリは、というよりその鼻は、外から流れ込んでくる空気を深く吸い込みはじめる。真っ白なキャンバスに絵の具がぶちまけられるように、くっきりとした匂いが彼の意識を席巻《せっけん》する。ケーシャブ・ズビン・カリは進むべき方角をたちどころに把握し、地図上のさらに北西の地点を指さした。奇妙な説得力のあるその声には、後に神がかりとして一億人の信奉者におよぼす影響力の片鱗《へんりん》が現れていた。車の進行にともなって大量の外気が入り込み、奥に座るケーシャブ・ズビン・カリの鼻腔《びこう》をダイレクトに刺激する。深く吸えば吸うほどに彼は陶然とし、やがて周囲の目を気にすることもなく、くんかくんかと鼻孔を膨らまして匂いを嗅《か》ぎ出した。もはや、彼は能力の解放をやめることができなくなっていた。車内に入り込む空気を胸いっぱいに吸いながら、彼はかつて味わったことのない法悦に満たされていた。

スクーターに跨《また》がるトニー・セイジは、当初こそ前方に通り魔のバイクの影を認めたものの、マシンスペックの差ですぐに引き離された。それでも諦めない彼が正しい選択をし続けたのは、実のところまったくの偶然に過ぎなかった。通り魔の計画していた逃走先がル・アーブルであり、夢中でスクーターを走らせるトニー・セイジが無意識の内に目指したのが自分の故郷だったというわけである。トニー・セイジが我に返ったのは、既にパリから１００㎞離れた地点でのことだ。気づいてみれば何のことはない、故郷への帰り道を辿っていただけのことだった。トニー・セイジは落胆し、エンジンが悲鳴をあげているスクーターの速度を緩めた。ル・アーブルまでは残り半分ほどの道程に来ている。彼は、久しぶりに故郷に帰ってみようかという気になっている。

数時間の後、トニー・セイジは故郷の港町に着いた。街の中心部には彼の子供の頃にはなかったドラッグストアができ、マクドナルドもできていた。赤ん坊だったトニー・セイジが養父に発見されたマリーナは当時と変わらぬ様子だったが、昨今の経済不況を反映してか繋留《けいりゅう》されているクルーザーはどれも古い型であるように見えた。スクーターから降りた彼は、グランドブルターニュ島側の小さな船影を眺めながら、なじみの場所を散策する。スクーターを押す腕が重かった。もちろん、通り魔にさらわれた高橋塔子を見失ったことは、彼の落胆の一因ではある。が、それはあくまでも一面的なことに過ぎない。ドンゴ・ディオンムから遺伝した明晰《めいせき》な頭脳を使ってバッタ屋を営むトニー・セイジは、しがない生活に至極満足していた。強い願望や努力とは生まれてこの方無縁の彼は、訪れ得る結果の良《よ》し悪《あ》しを気にせず、虚心に行動することによって物事がつつがなく進んでいく感覚に親しんできた。極端な話、彼が何かをうっすらと望む場合、そのささやかな希望がかなわないということが、今まで一度もなかった。換言するならば、幼少の頃から自らの出自の不穏さを肌で感じ取ってきたトニー・セイジは、枯れ木の再生を信じて水をやり続けるような素朴さで、グジャラート指数50程度の範囲内の行動を取ってきた。一目惚《ぼ》れした高橋塔子を追って安直にル・アーブルくんだりまで来てしまうというのは、つまり非常に彼らしい行動であると言える。トニー・セイジはスクーターを押して海岸を歩きながら、もしかしたら第六感が本当に働いたなんてことはないだろうか？　と本気で考えている。たまたまあいつが逃げた場所がここだったなんてことは？

　そんなトニー・セイジに、背後から声を掛けた者がいる。振り返ると、義務教育期間中同じ学校に通ったミシェル・フランソワが立っていた。「あれ、お前パリじゃなかったっけ？」五年ぶりの再会だが、チュッパチャップスをくわえた彼はほとんど変わっていないように見える。トニー・セイジが聞きもしないのに、ミシェル・フランソワは自分の近況をしゃべり始める。「あとさ、ほら、俺ってわりと手先が器用だったじゃん？　それで最近、関係ないんだけど、絵を始めたんだよね。俺が始めたわけじゃなくて、芸術家の兄貴がいて、そいつに金もらって言われた通りに描くんだよ。いや、ほんとの兄貴じゃないよ。そんな関係はないよ。て言うか、そいつ、芸術家っていうよりビジネスマンって感じでさ。俺以外にも何人も雇って、なんか、青い絵って売れるんだって。海とか、惑星、みたいな？　俺は針でつつく係なんだ。しかしまじで疲れるよ」青い塗料がこびり付いた爪先《つめさき》を見せるミシェル・フランソワに、トニー・セイジは念のため聞いてみた。５００ccの黒のKawasaki、東洋人の女性をシートの前に乗せた男を見かけなかった？「見たよ」ああそうじゃあいいんだ念のため聞いただけだからそれじゃまたメルシ、そう言って立ち去ろうとしていたトニー・セイジは、相手の言葉にまさかと驚いて聞き返す。「見た？　見たって言った？」「ああ、見たよ。髪の長いアジア人の女の方だけノーヘルだったけど。なに？　なんか関係あるの？」トニー・セイジの背骨がじんと痺《しび》れる。続いているのだ、と彼は思う。

パトカーの一行もまた、着々とル・アーブルへ近付いている。岐路に至る度に、ケーシャブ・ズビン・カリはその能力が具象化したような鉤鼻《かぎばな》を突き出して盛大に周囲の空気を吸い込み、行き先を指差した。三十四年もの間抑圧されてきた本来の形質が、雛《ひな》が卵の殻を内側から突き破るように顔を出したのである。歯止めの利《き》かなくなったその異能は、この一件を経たケーシャブ・ズビン・カリの生活の中軸となる。インドへ帰国したケーシャブ・ズビン・カリは大学の職を放り出し、新たに開設したTwitterとFacebookのアカウントで発言をするようになった。多彩な語彙《ごい》で、嗅覚《きゅうかく》に根ざした彼特有の世界観を垣間見《かいまみ》せるそのtweetは徐々に評判を集め、彼の発言を心待ちにするフォロワーの数は日に日に増えていった。その内に、彼を神がかりとして信奉する者たちが直接に会いに来るようになる。体の調子、死の匂い、不安の匂い、嘘《うそ》の匂い、彼はそれらを文字通り嗅ぎとり、必要なことを言葉にして伝えた。元々サービス精神が旺盛《おうせい》な彼は、面談に来られない者とも時間の許す限りインターネット上でやり取りし、活動を始めて十年が過ぎた頃には、フォロワーの数は300万人を突破していた。ケーシャブ・ズビン・カリの神がかりの能力は歳《とし》を重ねるほどに増進し、衆人の信望を集めていく。

彼の発言の中でも人気のある「地球の匂い」シリーズを書き込む際、ケーシャブ・ズビン・カリはジャイサマンド湖の南端まで行き、意識のすべてを嗅覚に集中して匂いを嗅いだ。目を閉じると音さえ遥《はる》か彼方《かなた》に後退した闇の中で、豊富な水とそれに溶け込んだ空気、湖岸にへばりつく苔《こけ》、水中に息づく淡水魚、湖を囲う山々、それらを彼のもっとも鋭敏な感覚器官で受け取った。聴覚も視覚も触覚もすべてが後退し、粒の集まりのような、匂いの集積へと世界が再構成される。ケーシャブ・ズビン・カリはそれを地球の匂いと表現する。「地球の匂い。全体としては良好のようです。ただ、基点から南南西の方角に不穏な気配があります。南南西におられる方は怒りを鎮《しず》める努力を」

基点がジャイサマンド湖であることは、熱心な彼のフォロワーであれば誰でも知っている。国連組織の調査団で彼と行動を共にしたことのあるカレン・カーソンもまた、その内の一人だった。2番目の夫と死に別れ、悲しみの余韻にひたってインドを旅行している最中も、彼女はケーシャブ・ズビン・カリの tweet を毎日見ていた。「地球の匂い。新しい始まりの予感です。好戦的な意識は減少しつつあります。再生の時は近いです。基点から北東の方角におられる方、重い腰を上げましょう」との tweet が配信された時、カレン・カーソンはちょうどデリーにいた。彼女はその tweet に導かれるようにして南下し、ケーシャブ・ズビン・カリが自宅兼教室にしているグジャラート地方の一軒家におしかけ、彼と交わった。行為の最中、彼女は亡《な》くしたばかりの夫、彼女との子を熱望しながらついに叶うことなく死んでいった、愛する人の顔を思い浮かべていた。これまでに一番強く欲し、与えられなかったもののことを思った。ケーシャブ・ズビン・カリと交わりながら、カレン・カーソンはなぜか自分がとても正しいことをしているのだと思った。監獄のような一度目の結婚、思いやりに満ちた二度目の結婚、そして遠い過去に感じたケーシャブ・ズビン・カリへの仄《ほの》かな好意、デリー滞在中にたまたま見た tweet、それらがすべて実際に起こった順序とタイミングで起こらないと、今私はここにはいない。カレン・カーソンは齢《よわい》五十を超えていたが、この時初めて、他人の反応から推し量るのではなく、自然な感情として自らのことを美しいと感じた。ケーシャブ・ズビン・カリもまた、カレン・カーソンの体の奥底から薫る、よく練った蜂蜜《はちみつ》のような匂いを感じながら、とても久しぶりに勃起《ぼっき》した。あの時の傷よ、と彼の手を取って自らの肩口の傷跡に沿わせるカレン・カーソンの静かな声を聞きながら、彼は遠のいていく興奮の余韻を味わっていた。このときの性交の結果として、カレン・カーソンは初めての子供を宿すことになる。カレン・カーソンの傍らで寝転びながら、ケーシャブ・ズビン・カリは彼女と行動を共にした時のことを懐《なつ》かしく思い出していた。アフリカでの調査、クリニャンクールの人ごみ、今の自分に直接つながるル・アーブルへの追跡行。中でもとりわけ、地下水脈を掘り当てたようにこんこんと湧《わ》き出した、あの予感に満ちた昂揚《こうよう》のことを。

暗闇の中、通り魔はじっと座っている。その姿は何かを待っているようにも見える。この時スクーターに跨ったトニー・セイジが、またケーシャブ・ズビン・カリの導く刑事たちが着々と迫っていることを、もちろん彼は知らない。通り魔は落ち着いた見た目とは裏腹に、半ば錯乱状態にあった。想像通りのプロセス、ほとんどが計画通りだった。そして、とその先を考えようとするが、頭の中が真っ黒に塗りつぶされたようになり、思考がそれより先に進まない。人を刺した感覚が、今更になってありありと蘇る。実際に刺したときには、頭の中で何度もイメージしていたのと大差ないと思った。だが記憶の中でその感触は、現実よりもはるかに生々しく迫ってくるのだ。腹部にナイフが吸い込まれる感触、鎖骨に当たった硬い抵抗。骨の縁が欠け飛び散るイメージが頭に浮かぶ。自分がやったことであるのに、未然の、架空のこととしてその行為を想像する。すべて些細《ささい》なことだ、と念じるように呟《つぶや》き、通り魔は自分が逃げおおせてしまったことを実感した。

彼が通り魔になったのは、端的に言うと、「現実を正しく理解する」をやってしまったからだった。第二形態の人々にとって、それはチェックポイントの初歩に過ぎない。だが悲しむべきことに、ドンゴ・ディオンムの定義する人類の第一形態の末期にある人々のほとんどは、現実をじっくりと見つめて慈《いつく》しむだけの時間や余裕を持たぬまま、「現実を正しく理解する」をやるしかなかった。ある程度の金があり、さらに伴侶《はんりょ》があり子があったなら、浮世の表層を慈しむことで気を紛らせながら生きることもそれなりに容易であったはずだが、そのいずれも持たない者にとっては、第一形態の末期は比較的きつい時代であったと言える。通り魔になるのはその中でもごく一部の人間に過ぎないのだが、当時の人々の安全保障において、通り魔の存在が厄介な課題であったことは間違いないだろう。

トタン造りの小屋の中、彼は第一形態の人々の報われなさを代表するかのように、色のない風景に一人取り残されてしまった心細さを感じている。粗末な扉さえ閉めてしまえば窓もない暗闇である。通り魔はそれが気に入ってここを選んだのだ。彼は何も見たくなかったし、誰にも見られたくなかった。失敗作である自分も、自分よりはましな他人も、全部知ったことかと素通りして走り抜ける。通り魔はそのように気負いながらも、最後には逃げ切れないだろうと諦《あきら》めている。その失意すら素通りしようと、はは、と口に出して嘲《あざけ》ってみる。次の瞬間にはその笑い声も背後に消える。彼はそのまま闇に溶け込んでいけるような気がした。が、周囲の闇は完全ではなかった。トタンの壁に一箇所、縦に亀裂《きれつ》が走っている。通り魔は高橋塔子の視線を意識して、「まぶしいな」と呟いてから立ち上がり、着ていたシャツを脱いで壁のひび割れに突っ込んだ。それで小屋の中は完全な暗闇になった、――ように見えたが、5秒としない内に目が慣れて、トタンの継ぎ目から光が滲《にじ》むように入り込んでくるのがわかる。くそ！　しつこいんだよ、と通り魔はかすれた悲鳴を上げる。暗闇で縛られている女の輪郭はぼやけ、二つの眼だけが僅《わず》かな光を受けて瞬《まばた》く。いや、なんでもないんだ、と通り魔は咄嗟《とっさ》に弁解しようとした。「太陽が嫌いなんだよ。ただ、それだけなんだ」俺は何を言っているんだと思った矢先、拠《よ》って立つ地面が崩れていくような気がした。「いや、本当、太陽って嫌だよね。まぶしくて」女の前でこれ以上何も言いたくないのに、瓦礫《がれき》が崩落するように言葉が口をついて出る。「ほんと嫌なんだよ。直視すらできない。へ、変だよね。そんなものが堂々と浮かんでるなんてさ。な、なんか、図々《ずうずう》しい気がするな。もっとこう、奥ゆかしさと言うか、そ、そんなのがあってもいいと思うんだよね」高橋塔子の目が何一つ見逃すまいとするかのように、昏《くら》く瞬いている。通り魔は、身の内の衝動を素通りすることができない。「ほら、見てごらんよ、こっちがこんなに逃げてもさ、性懲《しょうこ》りもなく入ってくるんだよ。いらないんだけどな、僕は。でも、夜になったってお、お、お、お、同じ。あいつの光を跳ね返すやつがいるんだよ。いや、違う、違う。そうじゃなくて、月がなくたってさ、やっぱりあいつの影響はあるんだね。どこにだってあるんだよ。真っ暗な夜だって、粒みたいなあいつのかけらがさ。太陽のことだよ。あるんだよ、いつも。逃げられないんだ。た、た、た、太陽のことだよ。聞いてくれるかな？　ねえ、あんた、日本人でしょ？　だったら知ってるでしょ？　こ、こ、こないだね、あんたらの国のニュースを見たよ。通り魔の事件のことだよ。マニアだからね。ぼ、ぼ、僕は通り魔ではなくて、本当は通り魔マニアだから、み、見たんだ。七十二歳のおばあさんが、六十八歳のおばあさんを刺して、こ、こ、こう言った。『あなたいくつなの？　私七十二歳なの』。じ、じ、じ、自殺するかわりに通り魔になるんだね。そ、それって同じことだからね。でもね、あっちを止めるか、こ、こ、こっちが停止するしかな、ないからね。あいつは止まらないんだ。フェアじゃないんだ。き、き、気づいたんだ。だから俺は逃げなくちゃなんないんだ。刺した上で、逃げなくちゃなんないんだ。あいつはフェアじゃないからね。太陽のことだよ。どのみち続くことがき、き、決まっているんだから。負けなんだよ。き、き、決まっているんだ。俺たちはね、あ、あ、あいつの余波みたいなもので、か、影みたいなもので、です、ですからね。太陽のことだよ。だから逃げなくちゃ、逃げ切らなきゃ。いや、でも逃げ切れないんだけど。あはは。太陽のことだよ。負けなんだよ。つまりさ」そこで通り魔は唐突に口を噤《つぐ》む。顔を上げ、高橋塔子の視線をまっすぐに受け止める。「つまり、太陽のことだよ」

それから時は経《た》って、第二形態の末期。9・26m^2の部屋に籠《こも》っていた田山ミシェルは、太陽の核融合を金になるまで加速させる方法をついに発見した。その時高揚感に満たされた彼は、メディアを通じて「金を作る」との発言をする。田山ミシェルの発見は、物質に質量を与えることに由来して「神の素粒子」と呼ばれるヒッグス粒子を太陽に直接注入すればよいという仮説から始まった。この方法により、核同士が引き合う核力と逆に排斥しようとするクーロン力とのバランスが崩れ、太陽の核融合はヘリウムよりもっと先へと進むのではないか。この仮説は当たっていた。残る課題は、その変化の調節、つまり狙い通り金が生成される段階で核融合を止める方法の確立である。彼は、核融合を促進するヒッグス粒子に対し、逆の働きをする他の素粒子があるのではないかと推察した。単なる思いつきに始まったそのアイデアから、核融合を調整するのに役立つ阻害素粒子の配分が算定される。まずは太陽にヒッグス粒子を注入し、次に最適に按排《あんばい》した阻害素粒子のカプセルを打ち込む。この手順によって、古来人類の夢であった錬金術が、いや誰も想像だにしなかった規模の大錬金が、可能になるのである。

田山ミシェルは、小刻みに、しかし激しく頭を揺らしながら考え続けていた。本当に、もう何もやり残したことはないのか？　しかし、人の成し得る業《ごう》の全《すべ》てがチェックポイントとして設けられ、それらすべてを通過して生を停止させた多くの人々がいる以上、それは愚問だった。客観的に言って、やり残したことはもうないのだ。田山ミシェルはそれでも、身も凍る思いで過酷な自問を繰り返す。ここまで延々と続いてきた営みが、このように終了して良いのだろうか？　今だからこそ、思うべきことがあるのではないか？　考えている間にも、核融合加速装置のカウントダウンは進んでいく。

田山ミシェルの理論を用いたその核融合加速装置は、設計から組み立てまで極めて迅速に進められた。装置が完成した後、田山ミシェルは説明責任を果たすために何度も説明会を開いた。大錬金の執行自体は既に決定していたため、その内容は技術的側面の説明に終始した。自ら開催する説明会で、田山ミシェルはいつも手製の器具を用いた。深さを調整できる特製のビーカーを連結させたもので、連結部分に吸水性の高いスポンジが付けられていた。この器具になぜか彼は強いこだわりを持ち、説明会の度に何度も作り直している。「いいですか？　まずこのビーカーの深さを調整します。どれだけの量の水が入るのか、つまりどこまで核融合を進めるのかを最初に決めるわけですね。そして、そこに水を注ぎます。この水がつまりエネルギーです。見てください、そう、このように水が溢《あふ》れそうになると、周りのスポンジがエネルギーを吸収します。そして、さあ、他のビーカーにスポンジからぽたぽたと水が垂れていますね。そうです、これが調整触媒効果です」頭脳パラメータが改変可能となった当時の人々にとって、田山ミシェルが説明する理論は、理解することはもちろん、自ら発見することすら、誰にとっても造作ないことだった。それでも多くの人が、田山ミシェルの説明会に通うことを嗜《たしな》んだ。

人々が一つの巨大な目のように彼のことを見守るのは、彼に欠落していたもののためだったかもしれない。独創性を示す因子、いわゆる才能因子を彼は少しも持っていなかった。人が生まれたままの初期状態を維持できる期間は、才能因子、もしくは信仰因子のいずれかの保有量に比例する。田山ミシェルはそのどちらも有していないにもかかわらず、長きに亘《わた》って初期状態のままでいることに耐えていた。何が作用してそのような特異な状態でいられるのか？　田山ミシェルのような存在が何を求め何をやろうとするのか？　田山ミシェルの内的世界には、第二形態の人類にとっての未知の領域が、ほんの僅かにせよ、確かに残されていた。彼が提唱したのでなければ、大錬金が施行されることはなかったかもしれない。

「人類の第三形態においては、」に続けて、ドンゴ・ディオンムは以下のように述べている。「人類の第一形態において唾棄《だき》すべきとして排除、または克服されてきたものが復権することになる。第一形態において忌避された偶然性、有限性、不公平、恣意《しい》、その他あらゆる偏《かたよ》りは、第二形態において完全に排除されるだろうが、第三形態においてようやく本来の意味を取り戻すはずだ。無意義な環境に置かれ、無慈悲に消え去っていったものたちの価値を、その頃の人々は正しく理解することだろう。第二形態の末期に、これまで経由した人類の文脈を無視する特異点が現れ——おそらくそれは偏向的であったり反動的であったりする個体の出現だと予想されるが——その者を、人々が総意として祝福した時、第三形態への道はついに開かれるのである」

田山ミシェルがドンゴ・ディオンムの著書「凝固する世界」を読み、9代前の先祖が自分の生きた時代を超えた先のことまで想像していたことを知ったなら、もしかしたら彼はやり方を変えていたかもしれない。人々に大錬金という選択肢を捨てさせ、別の可能性を模索し続けていたかもしれない。だが、ドンゴ・ディオンムが自分の著書を保管した金庫は、誰にも開かれることのないまま地中深く埋もれてしまっている。太陽系と呼ばれていた空間に巨大な金の塊が出現する途上で、田山ミシェルもまた息絶えることになるのだが、その瞬間の彼は、ドンゴ・ディオンムが死に面した時と似通った精神状態にあった。自分自身がこれまで流れてきた時間の集積そのものであること、そして自身をも媒介にして通り過ぎるべきものがあることを実感した。それは真夜中にひっそりと燃える蠟燭《ろうそく》の火のようにふっと消し飛んでしまいそうな、心許《こころもと》ない感覚だった。神経に直接触られでもしたような、身をよじらせるような鋭い直観を覚え、なんとか言葉にしてみようと彼は必死に手を伸ばしたが、その手はむなしく宙をかき回しただけだった。最後に彼の頭に浮かんだのは、「いつか」という言葉であり、「それでも」という言葉だった。もしもこの時、ケーシャブ・ズビン・カリが田山ミシェルの傍らにいたなら、彼にかけてやるべき言葉を口にできたかもしれない。ケーシャブ・ズビン・カリの神がかりの能力は、人生の終盤において絶頂を極め、世界中の有力者がこぞって面談を望むほどになっていたからだ。だが残念なことに、田山ミシェルとケーシャブ・ズビン・カリの存命期間は全く重なっていないのだから、そもそもそれは不可能な話である。

晩年のケーシャブ・ズビン・カリは面談の要請をほとんど断り、人と接するのを避けるようになっていた。自宅兼教室で地球の匂いを嗅いで――ジャイサマンド湖まで行って雑臭を避ける必要がないほどに彼の能力は高まっていた――、インターネット上にメッセージを載せる。ケーシャブ・ズビン・カリが教え子と呼んでいる彼のフォロワーは一億人に達していたが、もはや彼にとって、実物の人間は匂いすぎるのだった。それをおして会いたいと思う人間もいなかった。既に両親は他界していたし、彼には配偶者もなかった。血の繋《つな》がった存命中の人間は、一度きりの情交でカレン・カーソンが宿した子供だけだった。ある日、その子がトマス・フランクリンの孫娘と結婚することになったという知らせが届く。人に会うことを止《や》めていたケーシャブ・ズビン・カリだったが、それを知らせてきたトマス・フランクリンからの電話で、面会する約束をした。神がかりになる前の自分を懐かしむ気持ちもあったようだ。懐かしいという感情を持つこと自体、彼には久しぶりのことだった。

グジャラート地方にあるケーシャブ・ズビン・カリの自宅兼教室で、二人はパリで別れてから40年ぶりの再会を果たした。昼下がりのテラスで、一度も会ったことのない息子の話に始まり、ケーシャブ・ズビン・カリはトマス・フランクリンが語るのを楽しげに聞いていた。息子の結婚相手であるトマス・フランクリンの孫娘の母親、つまりトマス・フランクリンの息子の嫁が、トニー・セイジと高橋塔子を父母に持つことも話題に上った。「奇遇だと思わないか？」ひとしきり語り終えたトマス・フランクリンが、愉快そうな顔でジントニックのグラスを傾ける。しかしそのめぐり合せも、神がかりとして一億人のフォロワーを見守るケーシャブ・ズビン・カリには、そんなに珍しいこととは感じられなかった。一杯目のグラスを空けたトマス・フランクリンは、自分が行っている研究のことを話した。そしてケーシャブ・ズビン・カリの活動のことも知りたがり、とりわけ彼の一億人のフォロワーについて詳しく聞こうとした。それはどういった傾向の人々で構成されているのか？　あなたから発信することと、彼らから受け取ることのどちらがあなたにとって重要なのか？　何がしかあなたに精神的な影響を与えるものなのか？　ケーシャブ・ズビン・カリは目を閉じて教え子らのことを顧みる。不思議なことに自分が生きているのか死んでいるのかわからなくなる時がある、と彼は答える。自分は既に波のような存在になっていて、彼らの意識の上にたゆたっているだけなのではないか。こう話している間も、ケーシャブ・ズビン・カリはフォロワーとのメッセージのやり取りを続けている。昔のように手や声を使って文字を入力する必要はなくなり、彼の脳波から拾われた文字が自動的に刻まれる。それとは別個に、トマス・フランクリンに語るために口が動く。もう私はとっくの昔に死んでしまっていて、彼らが私のことを覚えているだけなのではないか。あるいは、死んだ後に見続ける夢があるとして、そのようなものなのではないか。あなたは生きているよ、少なくとも私にはそう見える、とトマス・フランクリンは至極まじめな顔で言った。

「ところで、」と、トマス・フランクリンはケーシャブ・ズビン・カリの焦点の合わない瞳《ひとみ》を覗《のぞ》き込んだ。「お願いがあるんだ。もし良かったら、その一億人のフォロワーを持つアカウントを私に譲ってくれないかな？」それが彼の本題であることが、ケーシャブ・ズビン・カリにはわかった。トマス・フランクリンはこのために、わざわざ自分に会いに来たのだ。「もし、譲ってくれるなら」トマス・フランクリンは続ける。「さっき話した私の研究成果を君にも享受《きょうじゅ》してもらってかまわない。つまり、私と同じように今後死ななくなるということだ。どうだい？」聞かれて、ケーシャブ・ズビン・カリは首を横に振った。「私は遠慮しておくよ」「どうして？　金を作る方法も開発したから、もし良かったらあわせて教えるよ」「いや、それも遠慮しておくよ。しかし何だって君は、そんなものが欲しいんだい？」「次なる研究のためだよ」「ふうん、そうか。じゃあなんだったら、今すぐ私と入れ替わるかい？　ログインIDとパスワードを教えるよ」トマス・フランクリンはグラスをテーブルに置き、ケーシャブ・ズビン・カリを見つめる。「君で二人目だな」「なにがだい？」「そのような返事をした人がさ。実を言うと、私は一億人以上のフォロワーを持つ人間八人に、同じ提案をしてきたんだよ」「ほう」「君で九人目だ。永久に生きる力を渡す代りにあなたのアカウントを譲ってくれってさ」「ふうむ」「それを受けてくれる人もいれば、受けてくれない人もいる。でも、無条件で譲ってくれる人もいた。君みたいにね」「でもそれで君はどうするんだい？」「どうもしないよ。試してみたいだけさ」「しかしそんな風にしていると、君はいつかわけのわからないものになってしまうんじゃないかな？　そんな気がするよ」

⊙

まったくもって、ケーシャブは慧眼《けいがん》の持ち主であった。彼が心配してくれた時点から遥か彼方に来てしまった私が、現実に起きたことの近似値しか表現し得ないことを悟りつつ、それでも一人で物語るのは、語り止めれば全てがなかったことになりそうに思うからだ。かつての人物や出来事を持ち出し、このように第一形態の言語で語り続けるこの私は、果たしてわけのわからないものになってしまったのだろうか。あるいは未《いま》だこんな風に語り続ける私こそが、人類の第三形態そのものと言えるのかどうか。いや、あの目を背けようもない巨大な金塊こそがそうで、私はいわばそのおまけに過ぎないのだろうか。

議論の余地はあれど、いずれにしろケーシャブはかつて私だった者、つまりトマス・フランクリンに、一億人のフォロワーを持つアカウントを譲ってくれたのだった。これによって、重複はあるものの、トマス・フランクリンの発言をフォローする人間はのべ九億人に達することになる。それは本人の言葉通り、次なる研究を進めるための布石だった。トマス・フランクリンは自分の研究を「個人的嫌がらせ」と呼ぶことがあった。何に向けた嫌がらせなのか問われるといつも話をはぐらかしたが、酒に酔って上機嫌だった時に「タル・ベーラの遺作でも見てみるが良い」と口をすべらせたことがある。

グジャラート地方でケーシャブ・ズビン・カリを前に語った時も、トマス・フランクリンは自分の研究について「個人的嫌がらせ」の表現を使った。それを聞いたケーシャブ・ズビン・カリは特に何も言わず、ただ眉根《まゆね》を寄せて、死にゆく重篤《じゅうとく》患者を看《み》るように彼を見つめるだけだった。だが、現実に先に亡くなることになるのはケーシャブ・ズビン・カリの方だった。同じく春日晴臣も高橋塔子もトニー・セイジもカレン・カーソンもチョウ・ギレンもこの世を去り、一方でインターネット上の存在としてのケーシャブ・ズビン・カリは、いつまでも生きながらえた。フォロワーの数は本尊が入れ替わってからも増え続けた。トマス・フランクリンが管理するアカウントのフォロワー総数が全人口の30%に達し、その人々の内で日々、奇跡的な偶然が起こっていることが感知された。偶然と呼ばれるものが形を変えつつあるように思えた。

トマス・フランクリンは、フォロワーと接するにあたって、厳格なルールを自らに課していた。元々のアカウントの所有者が取っていたスタンスを変えず、発言内容にも自らの意志を反映させず、観察に徹すること。唯一《ゆいいつ》例外として自分がフォロワーに影響を与えるのは、人々が太陽系の外にまで行動範囲を広げる方向に意志の統一を図ろうとした時に限ること。せっかくここまで煮詰まった人類が、行動範囲を広げることで野蛮さに立ち戻ってしまうのは、トマス・フランクリンには単なる無駄としか思えなかった。

フォロワーの吸収を続ける内、トマス・フランクリンが人生の中で関わってきた人間のほとんど全員が、インターネット上に彼が広げた壮大な網のどこかに引っかかり、実質的な彼のフォロワーになっていった。ところが不思議なことに、春日晴臣の血統の人間は、見事なまでにその網から逃れていた。春日晴臣の配偶者は彼のフォロワーになったが、息子や娘、そして孫たちは一切絡んでこなかった。トマス・フランクリンは、自分しか知り得ない微細なその偶然を楽しみ、春日晴臣の形質がさざ波のように残っていることに感興を覚えた。長い時間をかけたジョークのようにも思えた。

⊙

第2金曜日なのに！　通り魔事件の関係者としてフランスで足止めをくった春日晴臣は、パリ警視庁の応接室の壁を睨《にら》み付けながら憤慨していた。春日晴臣の予定としては、今頃は日本へ向かう機上にあるはずだった。羽田空港に着いたら直接新橋に出て安ホテルに入り、早速女性を呼ぶつもりだった。ホテルの部屋も、指名するデリヘル嬢の候補も決めていた。そもそもこんな仕事を受けたのが間違いだった、と春日晴臣は憤《いきどお》る。えらい時間をかけて移動し、いかがわしいアフリカ人の話を聞かされ、おまけにあやうく刺されかけた。もっと割の良い仕事があるだろうに！　近場で理屈だけこねていれば良いような、誰も何も具体的な効果を期待していないような、どうでもよくて、見栄《みば》えだけはいい、そんな俺向きの仕事があったのではないか。春日晴臣のねじくれた誠意がまたも顔を出しかけている。それもこれも赤子なんか売りやがる奴《やつ》のせいだ。そもそも子供というものは、正しく成長してきちんと保身を図れるだけのノウハウを培《つちか》うまでは、周囲の誰かがきちんと保身を図り、ちょっとでも有利な立場に置いてやるものだ。それが人間のあるべき姿じゃないのか？ そうしないと嫁もばあさんもうるさくてしょうがないじゃないか。ああ、胸糞《むなくそ》が悪い。さっさと解決しろってんだ。いったい何曜日だと思ってんだ？

ちょうどその頃、ル・アーブルでは春日晴臣の苛立《いらだ》ちをなだめるかのように、ケーシャブ・ズビン・カリの乗ったパトカーがトタン造りの廃屋の前で停まった。今にも倒壊しそうなその小屋の軒先に、手配中のバイクとスクーターが並んでいる。それを見つけた刑事たちは色めき立ち、無線で応援を呼ぶ。突然、小屋の中で激しい物音がし、ドアが外に向かって弾《はじ》け飛んだ。倒れたドアの上で黒人男性が白人男性にのしかかっている。組み伏せられた白人男性は何事か呟いているが、近づいた刑事にも何を言っているのかほとんどわからなかった。手錠をかけたときにかろうじて聞き取ることができたのは、男が繰り返し言う「太陽」という言葉だけだった。

小屋の扉をぶち抜いて通り魔を制圧したトニー・セイジは、表に待ち構えていた警察官たちに、笑顔で獲物《えもの》を引き渡した。ところが高橋塔子の縄を解くために颯爽《さっそう》と小屋の中に戻ろうとしたところ、大柄な警官二人掛かりで腕をねじ上げられ、彼はその意味するところがわからず呆然《ぼうぜん》とした。小屋の奥から、刑事の一人が高橋塔子の背中に手を回し抱きかかえるようにして出てくる。違う、とトニー・セイジは思う。それは俺の役割のはずだろ？ トニー・セイジが大声で呼びかけると、高橋塔子の唇が一瞬震えたように見えたが、刑事に促されすぐにパトカーに乗り込んでしまった。手錠をかけられて焦《あせ》るトニー・セイジが周囲を見回すと、クリニャンクールでキティちゃんの棚をめちゃめちゃにした鉤鼻のインド系男性がこの場に来ていた。だが、勝手にパトカーから降りて徘徊《はいかい》しているケーシャブ・ズビン・カリは恍惚《こうこつ》と目を瞑《つむ》るばかりで、トニー・セイジの窮状に全く気付いていない。パリに戻れば誤解もすぐに解けるはずだと考えトニー・セイジは大人しく連行されたのだが、予想に反して不当な扱いは長く続いた。事件の全体像が把握されてやっと誤解が解けると、トニー・セイジは担当の刑事たちの前で、ああ痛かった、とこれ見よがしに手錠のはめられていた辺りをさすり彼らの反応を楽しんだ。彼を連行した刑事の一人は、ふんと鼻を鳴らし傲然《ごうぜん》とした態度を崩さなかったが、他の者は不当捜査で訴えられることを恐れてしきりに謝罪の態度を示した。そのためかトニー・セイジが被害者女性との面会を求めると、すんなり許可された。

パリ警視庁の応接室で待っているトニー・セイジの目の前に、廊下から射《さ》し込んだ光を遮って、高橋塔子が姿を現す。まっすぐな長い髪、小さなうつむき加減の顔には何か重要なものを思い出そうとして、なかなか思い出せないときのような、むずかるような表情が浮かんでいる。だがそれも一瞬のことで、トニー・セイジの真向かいに座った彼女の顔には、いつもの挑みかかるようであり諦めきったようでもある、強い眼差《まなざ》しが表れる。考えるより先に、トニー・セイジの口をついて言葉が出る。その話しぶりは、通訳を果たすアデール・デュランも戸惑うほど情熱的なものだった。彼女はその時に庁内にいた中で最も日本語に堪能《たんのう》な職員だったのだが、意匠を凝らしたトニー・セイジの告白を正確に訳するだけの力はなく、飾りのそぎ落とされた言葉が高橋塔子に伝わることになった。「彼は店で働いているときに、あなたを2回見ました。とても美しいと彼は思いました。　2回目のときは、あなたも彼を見ました」「あなたの美しさはキティちゃんの100倍以上です」「彼には絶対にあなたが必要です」「彼はあなたと一緒の国に行きたいそうです」高橋塔子は彼からのアプローチを撥《は》ねつけも受け入れもせず、好きにさせておいた。通り魔にナイフを突きつけられようが、縛り上げられようが、彼女は全く変わっていなかったのだ。

この一件が片付き、トニー・セイジが彼女を追って本当に日本に渡ってきた後も、それは同様だった。ドンゴ・ディオンム譲りの優秀な頭脳を持つトニー・セイジは、すぐにいくつかのイントネーションを抜きにすればほとんどネイティブと遜色《そんしょく》のない流暢《りゅうちょう》な日本語を話すようになる。東京の茅場町《かやばちょう》にある語学学校でフランス語講師の職を得た彼は、高橋塔子に延々とアプローチし続け、求められるまま籍を入れた彼女はまた別の名を名乗ることになる。だが、結婚した当初も、娘を出産した後でさえも、彼女は一切変わらなかった。これまでと変わらぬ眼差しで、トニー・セイジを含めた自分を取り巻く境遇を見詰め続けるのだった。トニー・セイジは日本での生活に彼女よりもはるかにうまく順応し、パートタイム扱いだった語学学校でも社員に登用され、最年少で主任に抜擢《ばってき》されることになる。みるみる内にできあがっていく生活基盤に対抗するように、彼女は真夜中にわめき散らすことがあった。どれだけ努力したところで駄目になったものはもう元には戻らないのだということ、トニー・セイジも含めこの世にはゴミのような人間しかいないのだということ、自分もそれは同様であること、トニー・セイジと出会った頃は娼婦《しょうふ》のようなことをしていたこと、あの時もチョウ・

ギレンに買われてパリに来ていたこと、結婚はしたもののトニー・セイジのことを一切愛してなどいないこと、今すぐに死んでしまいたいといつも思っていること、そのようなことをひとしきり言い募っては部屋に閉じこもり、トニー・セイジの気を揉《も》ませた。気がつけば顔を出している新芽を摘み取るような執拗《しつよう》さで彼を責め立てる彼女の言葉に、当初こそ至極まじめに耳を傾けていたトニー・セイジだったが、月日が経つにつれ軽く反論するようになった。時には子供と自分の弁当を詰めながら、あるいは湯たんぽに湯を注ぎながら。「もう昔のことはいいじゃないか」「それに職業に貴賤《きせん》なしっていうしさ」「習うより慣れろだよね」「そんなあせらなくても遅かれ早かれいつか死ぬって」「はいはい」それでも彼女は諦めない。だって私はずっと見てきたんだから。どうせろくなことになんないんだよ、糞みたいな結果しか待ってないんだよ。確かに彼女の直感した通り、第二形態まで進んだ人類は実にくだらない末路を迎えることになる。そんな結末をトニー・セイジは知らないし、仮に知っていたとしても、彼の取る態度は変わらなかったに違いない。トニー・セイジの揺るぎなさに、彼女もついには根負けし涙を流すことになる。彼女が泣いたのはおよそ四十年ぶりのことだった。彼女は隣で寝転んでいたトニー・セイジの肩に腕を回しぎゅっと抱きついた。どうしたんだ？　とトニー・セイジは完璧《かんぺき》な発音の日本語で言う。加齢によって硬くなった夫の手を背中に感じながら、彼女はしばし震え続けた。それは、もう少し若い頃の彼女の心を脅《おびや》かしていたものとは異なる動揺であり、トニー・セイジがそのことに気付くのは、少しだけ先の話になる。高橋塔子だった女が最初に付けられた名前を彼に告げるのも、その時のことだ。しかしいずれにしろ、トニー・セイジのすることは変わらない。早く泣き止んだらいいな、とうっすらと願いながら、彼は彼女をじっと抱きしめるのだった。彼の父ドンゴ・ディオンムが、かつて醜い少女にしたのと同じように。あるいは田山ミシェルが大錬金の最中にふと思い描いた空想の中の幸福のように。

長い結婚生活の中で、トニー・セイジは高橋塔子を通り魔から救出した小屋の中での出来事を折りに触れ思い出した。その他にもクリニャンクールの露店で高橋塔子に見惚《みと》れたことや、目の前で彼女がさらわれたことなど、胸に浮かぶ光景は様々であったが、しばしば回想したのはやはりあのル・アーブルでの大立ち回りである。小屋の前で通り魔が乗っていたKawasakiを発見した時の昂揚感。願い事は続いていると信じるに足る兆候が、確かに目の前にあった。あの時不可思議な勇敢さでドアを開くと、太陽の光が射し、奥にいた高橋塔子を照らした。募らせた思いが弾けて彼女に語りかけようとしたのに、目の前に立ちはだかった通り魔の大声に、言葉は霧散してしまう。やめろよ、迷惑なんだよ、眩《まぶ》しいんだよ。通り魔は癇癪《かんしゃく》を起こした子供のように、顔を歪《ゆが》め、涙を滲ませながらトニー・セイジに摑《つか》みかかってくる。トニー・セイジは通り魔の腕を払いのけようとしたが、華奢《きゃしゃ》な体格からは信じられない怪力で首を締め付けられた。意外な展開に焦り、首に巻き付いた腕を解《ほど》こうとするが、二つの腕は堅い岩のようにびくともしない。いい加減にしろよ、いつまで続けるんだよ、やめてくれよ、眩しいんだよ。トニー・セイジの意識は薄らいでいき、悪夢のようにわめき続ける声も遠くなっていく。鼓動が遠ざかり、目を覆《おお》う闇《やみ》の中で二つの光がゆらゆらと揺れた。このまま死ぬのかもしれないとトニー・セイジは思った。後悔はなく、追いかけてきた細い線がここにつながっていたのならそれもしょうがないように思えた。彼女を救おうとして、敢《あ》えなく命を落とした哀れな男がいたことをいつまでも覚えていてくれればそれで良いような気もした。しかしそんな幻みたいな諦観《ていかん》が長続きするわけがないのだ。もしあのまま首を絞められ続け、本当に意識を失いそうになったなら、彼はありったけの力で通り魔に逆襲し、重傷を負わせていたことだろう。だがこの時、喜ぶべきことに、あるいは悲しむべきことに、通り魔は唐突に力の矛先を変えたのだった。通り魔はトニー・セイジを離すと、言葉にならないわめき声を上げながら戸口に向かい、力任せに扉を閉めた。暗くなった部屋の中、トニー・セイジは呆気《あっけ》にとられる。強く絞められた首元が熱をおびている。トニー・セイジは暗闇に滲む華奢な輪郭に再び立ち向かっていく。通り魔の限界を超えた力はどういうわけかもう消えてしまっていて、組み合う二人の体は、そのまま暗闇を守る部屋の扉を突き破り、全てがあっという間に再び太陽の下へ出た。高橋塔子は太陽に目を細める。眩しさに思わず目を閉じそうになるが、彼女はそれに抗《あらが》ってもっと目を見開こうとする。瞳孔《どうこう》が収縮し、光が目に焼きつく。目が涙で濡《ぬ》れる。植物的な反応。様々な光の粒が高橋塔子の網膜で躍る。それでも彼女は目を閉じない。

⊕

駅に向かって歩いてくる女と、さっきから目が合っている。ネオンを背に歩く女から、俺はなぜか目を逸《そ》らすことができずにいる。俺など歯牙《しが》にもかけぬというように、観察するように、少しも臆《おく》することなく、女は、俺を見ている。

新宿に出るのは久しぶりだった。俺が六畳一間を出てここまで来たのは、大学時代の同級生が飲み会に誘ってくれたからだった。俺とは違い、都合の悪いことから目を逸らすのがうまい彼らは、社会をうまくわたっている。この先進国に生まれておきながら、リスクを負うこともなく、上澄みだけ掻《か》っ攫《さら》って生きている。質の高い教育を受け、強い組織に属し、美味《うま》いものを食べ、良い場所に住み、くだらないガキを、手塩にかけて育てている。だがまあしょうがない。この時代における人類とはそのようなものなのだ。俺のように誇りを持って選択するまでもなく、くだらない初期条件に縛られ、生まれたままの状態で生きるしかない、実に切ない存在なのだ。だからこそ、偶然に与えられたものを後生大事に抱き、持たざる者との差異をことさらにひけらかす、いや、ひけらかさなくとも心の中で思う。ああでなくて良かった。あのように醜く、愚かで、貧しくなくて良かった。そんな愚にもつかない比較で自らを慰め、なんとかやっていくのがこの形態における人間存在であるのだ。

さっきの女とまだ目が合っている。すれ違う直前、女は俺から視線を外し、別の人間に目を向ける。女、というより少女といった方がよいだろうか。

でも、そんな風に人を見てはいけないよ。

そんな風に見ていると、きっと悪いものをひきよせるから。

俺はアルタ前を通って、伊勢丹《いせたん》の方へ歩く。雑居ビルの8階にある居酒屋に着くと、皆既に集まっていて、俺を歓迎してくれる。多くの金を無自覚に弱者から奪っている彼らだが、俺には優しい。

「おお田山。まじで久しぶりだな。もう大丈夫なの？」

総合商社に勤める男が隣に座り、ビールを注いでくれる。彼は昔から俺に親切だった。たぶん今も、可能な限り自分に近しい者を守って、どんどん「自分たち」の範囲を広げているのだろう。優しく、活力あふれる男。

「しっかし、痩《や》せたねー」

隣の女が言った。そうかな？　確かに大錬金の検証も最終段階に入って、ご飯を食べ忘れることもあったから、多少は痩せたかもしれないけど。「取りあえず、田山君の分とっといたからさ、ここ置いとくね」相変わらず優しい女だ。だが、そんな彼女も金になる。皆、金になる。金になる。

「金になるの？」

そうだよ。銀行に勤める女。いや確か、肌をぼろぼろに荒らすまで頑張ってからやめたんだっけ？　まったくどうかしてる。何のために組織的に搾取《さくしゅ》しているのか。彼女に問われるまま俺は錬金術の仕組みについて説明する。原子核同士を融合させると、別の元素になるのだということ。ファンタジーでよく出てくる錬金術が論理的に可能なのだということ。皆面白そうに俺の話を聞いてくれる。でも、大錬金のことは言わない。彼らが興味を持ってはいけないから。ぽろりと言ってしまったら引き返せなくなるかもしれないから。これは俺が決めなくてはならないことだ。俺はそろそろ決めなくてはならない。

隣の男が子育てについて話をしている。金をかけられ、下駄《げた》をはかされて育つ子供。有利な条件で、公正とは言えない競争の準備を始めている。だがもちろん彼に悪気はないのだ。いや彼は彼なりの責任を果たそうとしているのだ。自分より優秀かもしれず、自分より美しいかもしれず、自分より心優しくなる可能性のある子供を、少しでも、限られた時間で、限られた条件で。でも、だったら、なんで名前をつけてくれないの？　子供の声がする。ぼくはとってもゆうしゅうなのに。これからとってもびじんになるのに。なんで途中で終わらなきゃいけないの？　**途中？**　いや、違う。**途中？**　いや、だから違うって。結論は決まっている。途中も終わりもないんだった。だってすべてが今なんだから。いつも今なんだから。そうだ、だからこそ俺が大錬金をやるんだった。俺も向こう側にはいけないから。どのみち間に合わないんだから、だからせめて本当のことを――

本当のこと？

喧騒《けんそう》が頭に響く。人工の光が街を照らしている。いつの間に外に出たんだっけ？新宿の街は夜なのにうるさいくらいに光がある。男が女に声をかけている。女が眉をひそめる。いや笑っているのか？　女が俺を見ている。とにかくここには大勢の人がいる。人がいてビルがある。いつまでも続くそれらすべてが、燃え尽き、やがて金になる。

オフィス街に出ると、ビルと空とが混ざり合う高いところの窓が灯《とも》っている。その窓のずっと奥のどこかにはきっと金庫があって、大事なものが隠されている。ビルが上へ上へとのびていく。空が狭くなる。こんな時間に働いている彼らが向かう先を俺は知っている。そうだ、俺はやはり大錬金について説明しなければならない。あのビルカーを取りに戻らなければならない。調整触媒効果、核融合加速。ウランにプルトニウム、イットリウム、ジルコニウム、ヨウ素、キセノン、セシウム、ランタン、銀、プラチナ、そして金。金になる。金になる。

第一形態体験装置
バージョン29.0.66tmkyj

Name〈Michel. Tayama〉
Date〈2013. 9. 4〉
Location〈Tokyo, Japan〉
Parameter〈Original〉
Factor〈Original〉

この条件で続けますか？

Copyright 10122 Emosynk inc. All rights reserved.

⊕

その時、田山ミシェルは雲ひとつない空に浮かぶ太陽を見つめ続けた。田山ミシェルの視線の先、太陽近くに配置された核融合加速装置が稼働《かどう》を始め、その内部で第一点火プラグが発火し、装置内部の原子爆弾が爆発する。かつて地上で沈黙の猛威を振るった爆弾だが、装置全体の中でそれは第二の点火プラグに過ぎない。原子爆弾が発生させたエネルギーが、核融合の燃料となる水素同位体を急激に熱し、摂氏1億度以上に達する。超高密度で一定時間それだけの温度が維持されると、核融合の開始条件、いわゆるローソン条件を満たすことができ、原子核の融合が始まる。装置内部にとどめられ逃げ場を失った高濃度のエネルギーは燃料をさらに熱し続ける。やがて熱環境が田山条件を満たすと、今度は内部の燃料が原子よりも二段階細かな単位、素粒子にまで分解される。ヒッグス粒子や、光子やグルーオン、重力子、それぞれの素粒子が固められカプセルに詰められていく。

その時、田山ミシェルは雲ひとつない空に浮かぶ太陽を見つめ続けた。視神経が焼け付き正常にものが見えなくなってしまうことは本人にもよくわかっていたが、当時の医療技術からすれば、それは些細な問題に過ぎなかった。単純な興味から太陽を見つめ続ける人はそれまでにいくらでもいたし、その種の衝動ももちろんチェックポイントの一つに数えられていた。当然、田山ミシェルが太陽を見つめ続けるのもありがちな行為でしかない。トニー・セイジと高橋塔子の根競《こんくら》べも、その結果生まれたありきたりな愛も、青年を通り魔に変えた敗北感も、春日晴臣のささやかな保身本能も、カレン・カーソンの空虚感も、ケーシャブ・ズビン・カリが嗅《か》いだ地球の匂《にお》いも、ドンゴ・ディオンムの孤独も、向こう側においてはすべてはありがちな、驚きのない、類型的なものであると誰もが考えるにいたる。すべてのパターンが考え尽くされ、経験し尽くされ、あらゆるチェックポイントを通過して、ようやっと人生を終えていくのが第二形態における人間存在であるのだ。既に人々が経験していないものは終末だけとなった。

素粒子の詰まったカプセルが太陽に突入した時、田山ミシェルの網膜には陽の光が焼き付き視界は白く輝くようだった。空は太陽の光で満たされようとしていた。地表の温度はどんどん上がり、種々の生物の生存可能範囲を超え、かつて生物だったものの大部分に火がついて酸化し炭になる。地表が崩れ、滅びた街の痕跡《こんせき》や地中に隠された金庫など、忘れられていたものが顔を出し、それぞれの融点を迎えると諦めたように周囲と溶け合った。

一方太陽は自分自身を金にするだけでは飽き足らず、膨張をはじめて惑星を飲み込み始める。太陽から近い順に、水星、金星、地球、火星と順々に飲み込んで行き、ついには太陽系いっぱいに広がる。田山ミシェルが金になる少し前、自らの死期を悟って彼の脳は活発な動きを見せた。かつて生物だったあらゆるものが、同程度の可能性を孕《はら》んだ物質とともに、太陽に飲み込まれ、巨大な一つの金になることを想像しながら、何かにすがりつくように、あるいはもだえるように、彼は空中をかきむしった。彼の思考もまた周囲の熱のためにまとまった形を取らなくなる。細かな感情のほとばしりの中で、田山ミシェルはその生涯をかけて彼が触れようとしてきたものに一瞬だけ指先が触れたような気がした。厳密な意味で、大錬金が認められたのは田山ミシェルのためであったこと。そしてそれがあらゆる形態を越え人類全体のためでもあったこと。将来への布石ですらあったこと。人類の文脈を無視する特異点のありようが田山ミシェルのようでなければ、違った結果になっていたこと。誰もがそのことを理解し、その上で大錬金が進められたこと。自己にしがみつく卑小なこだわりであっても、不信をつのらせる疎外感《そがいかん》であっても、どのように醜くおろかなものであっても、田山ミシェルのあらゆる感情がすべて祝福されていること。死の直前、そのような思念が田山ミシェルにも把握できない場所で渦巻いたが、やがてそれも完全に停止する。かつて田山ミシェルだったプラズマ状の様々なものが、その他のものと混ざり合い、地球もろとも太陽に飲み込まれる。単純でない推移によって流れ続けたものが、一箇所に集まり、巨大な一つの金になる。自然現象ではそのような金の塊は発生しない。それは、何者かの意志が介在した証《あかし》とも言える。

その金の塊に変化が訪れるのはやはりずっと先のことになる。ある時、遠くから巨大な彗星《すいせい》がそこに飛来したのだった。主にマグネシウムでできた巨大な岩がぶつかると、金の塊は粉々に割れ、衝突によって推進力の殺《そ》がれた彗星も砕け散って、そこにとどまることになった。金のいくらかははるか遠くまで飛んでいってしまい、かつて太陽系と呼ばれた空間ではマグネシウムと金とが交じり合い回転するようになった。それはその空間で起こった久しぶりの大きな出来事なのだが、当然それから後も変化は続く。奇跡的な確率で何ものとも衝突せずにその空間を素通りした極小彗星のことや、大量の金を引っ付けて逃げ去った泥棒彗星のことなど、語るべきことは尽きない。

が、太陽のことであれば以上だ。

惑星

Title〈Conclusion 2020〉
From〈Yozoh.Uchigami〉 2014/4/7
To〈Dr.Frederick.Carson〉

幾つもの扉が叩《たた》かれる。東京代々木の先端医療を施す総合病院の、イスタンブールの壮麗な寺院脇《わき》にひっそり建つ朽ちかけたアパートの、あるいはカリフォルニア州サンノゼのメガベンチャー企業の社長室において。それはまぎれもない契機であるのだが、扉を叩く側も無自覚なことが多い。引き金に続く連鎖は、よりよきことへ向かうのが望ましいが、彼または彼女は手前の都合で扉を叩くのみだ。もちろん、あくまで比喩《ひゆ》的な意味で。実際に拳《こぶし》を使って戸を叩く者もいるにはいるが、今は、まあ、コミユニケーションの手段が発達しているから、電話をかけることも、メールを送信することも、FacebookやTwitterでメッセージをアップすることもある。

それは、塗装の剝《は》げた鉄扉《てっぴ》が叩かれるところから始まった。イスタンブールのヨーロッパ側旧市街、スレイマニエジャーミィ近くの小高い路地に、ある男が一人で住んでいる。元々は三人で住んでいたのだが、アッバス・アルカン氏との同居に耐えかねて一人が去り、残る一人も氏に借金を押し付けて去ってしまった。

氏はひとり教典の見直しをしているところだった。ぶしつけにドアを叩く音が確かに氏の鼓膜を揺らしたはずだが、自身に関わりがあるとは少しも思わなかった。氏が携わるべきは、世界の在りようを正しく記しつつある教典――実際のところそれは氏が自分で書いているのだが、本人にとっては崇高な存在に書かされている、あるいは太古に失われたものを発掘して記しているという感覚だった――の言葉の解釈であった。例えば「禁忌」について、「統治」、「打倒すべき敵」、「克服すべき弱さ」について、一文一文を慎重に読み進めては書き直し、氏は教義があるべき姿となるまで決して諦《あきら》めない。しぶとくドアを叩く音に続き罵詈《ばり》雑言《ぞうごん》がまたもや鼓膜を震わせるも、氏がみじんも反応しなかったことは、教典への氏の専心ぶりを知る者からすれば驚くに値しないだろう。アッバス・アルカン氏にとっては、さっきから何度も頭の中で復誦《ふくしょう》している「王」について書かれた一文の方が、現実の災厄の予兆よりもはるかに重要なのだ。しかしそれは氏の都合であって、ドアの外の訪問者のあずかり知らないことだろう。扉を叩いている取り立て屋は、透明者の一人だった。そのため彼の思念が、私には伝わってこない。しかし、いかに透明者とはいえ、その声を聞く限り苛立《いらだ》っていることは明白だ。ドアを叩く震動とともに、男の声が部屋に響く。ねえお兄さん、いるんでしょ、無駄に閉じこもっていないでちゃんと出てこないと、確かにあんたが借りたんじゃないかもしれない、でもね、ちゃんとここに契約書があるんだよ、ね、お兄さん、確かに神様は利息を禁止なさったのかもしれないけど、この紙には勝てないんだよなぁ、あんたの田舎まで行くのもこっちは面倒なんだからさぁ。

「王」について書かれた文を読んでいたアッバス・アルカン氏は、ふと目を上げた。それは取り立て人の発した、「アッラー」という単語のためだった。映画「Back to the Future」において、「鶏」という単語でマイケル・J・フォックス演じる主人公の憤怒《ふんぬ》のスイッチが入るごとく、氏はその言葉に激しく反応するのだ。氏がイスタンブールオリンピック誘致反対運動に没頭するあまり一人目の同居人に愛想を尽かされたのも、弟の葬式に参列せずに父親から勘当を申し渡されることになったのも、その言葉がきっかけだった。氏は透明な糸に引かれるようにして、言葉の発生源に近づいて行く。傷《いた》んだ扉を開くと、取り立て人が意外そうな顔で氏を迎える。

このようにして、アッバス・アルカン氏の冒険は始まった。この冒険にまつわる他の人物——例えば、シリコンバレーの中央、カリフォルニア州はサンノゼにオフィスを構えるスタンリー・ワーカー氏にも、一通のメールが届く。広報担当者からのメールだ。スタンリー・ワーカー氏の基準によれば、部下であるそのヴァイスプレジデントは中ダメージのミスをあと3回、または大ダメージのミスを1回犯せば解雇される予定だった。だが、もちろんスタンリー・ワーカー氏はそのことを本人にも周囲にも伝えていない。

ヴァイスプレジデントのメールは、日本のテレビ局からの取材依頼の件だった。IT業界の革新的な経営者として知られる氏のもとには、このような依頼が世界中からひっきりなしに来る。にべもなく断ることがほとんどなのだが、稀《まれ》に脈絡なく取材を受けることがある。今回の取材を受諾するように言われたヴァイスプレジデントは、特に驚きはしなかった。スタンリー・ワーカー氏の専断に慣れきった彼は、予想のつかない氏の言動にまったく反応を示せなくなっていた。そのような慣れによる良識の欠如は、氏に「小規模のダメージのミス」としてカウントされているのだが、もちろんヴァイスプレジデントはそのことを知らない。

氏の承諾に驚いたのはむしろ、取材を申し入れた赤井里奈《あかいりな》さんの方だった。年初に編成が変わってから始まった番組で「あの猫杓亭《ねこしゃくてい》メバチがあのスタンリー・ワーカーに新製品を提案する」という企画が持ち上がり、アシスタントディレクターの彼女がスタンリー・ワーカー氏の経営するKnopute社にオファーのメールを出したのだった。深夜の会議でこの企画を提案したのは過労気味のベテラン放送作家なのだが、元はと言えばそれは以前、猫杓亭メバチが口にしたアイデアだった。他のスタッフも猫杓亭メバチの発言をうろ覚えに知っており、深夜で頭が朦朧《もうろう》とした面々にはその案がとても魅力的に響いた。

Knopute社が取材を承諾したことで、最も困惑したのは猫杓亭メバチ本人だった。「わしの言うたことはなんも信じたらあかんで。なんも考えとらんのやから」が彼の口癖だが、実のところ彼ほど自分の発言を偏執的に覚えている人間も珍しいくらいだ。彼はお笑い芸人の仕事に全《すべ》てをかけていたし、それが自分に課せられた使命であるとも思っていた。短距離走者がコンマ1秒以下のタイムに人生の全てをなげうつように、彼は限られた尺の中で最大の笑いを取るために、芸を究めてきたのだ。だが、この冬に始まった番組に対しては改良の余地を見出《みいだ》せず、既に情熱を失っていた。どのように番組を終わらせるか思案していた折、自分が冗談で口にした企画を進めていく旨《むね》をプロデューサーから知らされた。自分の名を冠した番組とはいえ、沈みゆく船でもたもたしているわけにはいかない。世界的に有名な経営者から取材ＯＫをもらった興奮を隠そうともしないプロデューサーに、大物芸人は密《ひそ》かに腹を立てている。

大物経営者、スタンリー・ワーカー氏は、広報担当のヴァイスプレジデントの処遇について考えている。人の命運を左右する権力を持つ快感は、氏にとって食欲や睡眠欲等と同列の欲望に過ぎない。権力には悪魔的な魅力があり云々《うんぬん》といった箴言《しんげん》は、成人病に罹患《りかん》しないように摂生する、あるいは惰眠をむさぼって体調を崩さないように気をつけるという程度の、日々の心がけ以上のものではない。スタンリー・ワーカー氏は自分の支配力について考えるのをやめ、ヴァイスプレジデントの好ましいところを思い浮かべながら、コーヒーを飲んだ。そして彼が転送してきたメールに今一度目を通す。FYI（ご参考までに）の頭語に続き、「日本で一番ビッグなコメディアンがあなたに新製品の提案をしたいと言っています」とある。Knopute社が日本メディアの単独取材を受けるのはこれが初めてだった。氏はコーヒーを啜《すす》りながら、取材概要を吟味する。そして、「最高製品」の情報をそこで初めて明かすのも一興かもしれない、と思い付く。プロトタイプも未完成の「最高製品」が普及するまでにはまだ相当の時間がかかるが、その先触れを世界の一つの極である日本のメディアにのせてみてはどうだろう？　これまでのコーポレート戦略とは全く異なる、落ち葉のようなさりげないメッセージとして。

猫杓亭メバチの焦《あせ》りとは裏腹に、取材の準備は着々と進められていく。プロデューサーからスタンリー・ワーカー氏に提案する詳細を聞かれた彼は、「冗談でないときのメバチさん」と呼ばれる表情と声音で、スタッフ側で考えるように言った。沈みかけの泥舟のために、これ以上の労力を割くような猫杓亭メバチではなかった。

――と、ここまでで、そろそろ今日のメールは終わりにしたいと思う。のっけから気張ってしまって、いろいろと書きすぎたかもしれない。

Title〈Conclusion 2020〉
From〈Yozoh.Uchigami〉　2014/4/8
To〈Dr.Frederick.Carson〉

さて、では続きだ。

アッバス・アルカン氏やスタンリー・ワーカー氏らが活躍することになるのは、何年も先のことだ。だから差し当たって今は、捨て置いていても構わない。

私が今真剣に取り組むべき相手は、診療室から出たきり帰って来なくなり、多目的トイレに立て籠《こも》っているらしいと先ほど看護師が知らせに来た、私の愛すべき困った患者の一人、長谷川保《はせがわたもつ》氏である。世界中あらゆる時、あらゆる場所で、様々な出来事がきっかけになる／なってきた／これからなるわけだが、今は私が長谷川保氏に呼びかけなければならない番だ。私はトイレに向かい、クリーム色のドアの、すりガラスがはめ込まれたすぐ下のあたりを右手中指の第二関節で二度叩く。衆議院議員である長谷川保氏は秘書にも黙ってこの病院に通って来るのだが、どういうわけか毎度その日のスケジュールを私に話して聞かせる。一種の職業病のようなものかもしれない。などと、精神科医の私が専門分野でそんな曖昧《あいまい》な定義の言葉を遣うのもどうかと思うが、まあ、あえて分類するならば、強迫性障害から来る行為と言って差し支えないだろう。いずれにしろ私は、30分後に氏が座長を務める会議が始まることを知っている。さらに言えば、3分後には氏はトイレから出てきて何食わぬ顔で診療室に戻り、身支度をしてタクシーに飛び乗り、会議に5分遅れで到着するものの気鋭の政治家の多忙ゆえの遅刻と解釈され、そのことで逆に箔《はく》がつくことも知っているのだが、私がここで呼びかけるのを止《よ》すとそうはならないのだ。そうはならないことはわかるのだが、ではどうなるのかわからないため、一連の流れが既に決まっているように私には思える。だから叩くのか、私の意志で叩いているのかわからないまま、私はドアを叩き続ける。世の中はそのようにある。あくまで、私にとってはということだが。

午後は六人の患者を診て、処方箋《しょほうせん》を書き、診療を終えた。夕方からは会議だった。私の勤める15階建ての総合病院は、大江戸線の新宿駅から徒歩7分の場所にある。1階から5階にかけて各診療科になっていて、最上階に会議室などの事務用スペースとVIP専用の特別病室が配置されている。4階には機械室があり、6階から上はリハビリテーションセンターを含む一般病室になっている。私の持ち場の精神科がある5階からエレベーターに乗り込んだのは、私一人きりだった。以前は院内のいたるところに消毒液のクレゾールの臭《にお》いが立ちこめていたが、今はもう使われなくなり、エチルアルコールや切開跡に塗るヨード系消毒液の臭いで上塗りされている。

エレベーターが上昇するにつれて隣のビルの高さを超え、急に視界が開ける。ガラス張りのビルの合間に、明治神宮外苑《がいえん》の緑が見え、国立競技場の白い屋根がかすかにのぞく。

会議室に入るとまだ三人しか集まっていなかった。二十名弱の医師が集まる医局会には、精神科からは私と六川恭子《ろくかわきょうこ》女史の二名、あとは脳神経外科や小児科など異なる科の医師たちが参加する。議題に応じて、情報管理等の他部門からの参加者もある。診療時間の終了後に行われるのだが、開始予定時刻に始まることはほとんどない。気難しい医長クラスの先生方の世話役も兼ねた事務職員は既に来ている、というか、既に来ている三人の内二人がそうで、最近転職してきたスタッフの伊村《いむら》さんが入室した私に目礼し、会議用の資料を手渡してくれる。

伊村さんはこの病院の医師のほとんどを、世間知らずと内心では見くびっている。だが、それに反して物腰は卑屈そのものだ。彼がそのような態度をとるのは、小中学校時代に神童と名を馳《は》せ、高偏差値の高校に進んだものの落ちこぼれてしまった経緯が関係している。同級生の3分の1が医学部に行き、もう3分の1が東京大学か京都大学に、残りの落ちこぼれの多くが早稲田大学か慶應義塾大学に進む中でそのいずれにも合格できなかった彼は、最下層の中でも底辺に位置することになった。その頃から彼にとって医学部に進んだ同級生たちは嫉《ねた》みの対象だったわけだが、大学病院からの出向も多いこの病院にあえて転職してきたのは、高校時代の挫折《ざせつ》をひきずっているからに他ならない。そんな彼の卑屈さが家庭内に不和をもたらすことになるのだが、それはまだ先のことで、伊村さん本人は今知りたくもないだろうから、私は何も言わずに資料を受け取って大人しく席に着いた。

開始予定時刻から5分して人が集まり始め、15分が過ぎた頃にようやく会議が始まった。理事会からの通知として、今週予定されている手術件数、病床の占有率と回転率、予算の執行状況、看護師の配置人数の適正化等々の報告があった。報告の読み上げはほとんど事務職員が行った。各科の報告書類にしても担当医師の名前が記載されてはいるが、書類自体は事務職員が作成している。

報告を読み上げる声を聞き流しながら、私はここから約4500メートル離れた議員会館の一室で会議中の、長谷川保氏の意識に同調しようとする。そうすると、私が私であるのと同じくらい強固に、私の意識は長谷川保氏のそれと重なって、私は氏の視界でものを見て、氏の肌で空気を感じる。だが、氏の意識や体を私の意志で左右することはできない。私は、ただ氏に寄り添うのみだ。氏の参加している会議は、今私が出ている方に比べると、いくらか面白味があるようだ。政権与党の若手の有望株と目される氏は、将来的な医療費削減のために必要な法令群および施策を研究する、超党派ワーキンググループの座長を務めている。狭い会議室で40歳台を中心としたメンバーの視線を浴びながら、氏は医療行政の根本にあるべき哲学について話している。

「現在の日本において、医療制度の抜本的改革は急務です」診察中に私の前にいるときと比して、同じ人物とは思えないゆるぎなさが、長谷川保氏の声には宿っている。

「もちろん、お集まりの皆さんにここで改めて申し上げる必要はないかと思いますが、この国の根幹部分の燃費をもっとよくしなければ、はっきり申し上げてこの国はもちません。諸先輩方の苦労に応《こた》える意味でも、また、我々の次の代、次の次の代にもしっかりとした生活、誤解を恐れずにあえて言えば、幸福、を追求できる環境を残すために、私たちが今やらなければならないことがあるはずです」続いて氏は、持論に言及する。聞こえは悪いかもしれないが、一旦《いったん》はコストパフォーマンスを優先し、運営可能なラインを見極めるべきです、と。その上で発生する不幸を最小化するためのセーフティネットを考える。この手順を違《たが》えると、船全体が沈んでしまう。徒《いたずら》に情実を優先し、偏《かたよ》りから目を背けることで、不幸の分量はむしろ増えることがあるのだ。長谷川保氏はそのような内容を、言葉だけが独り歩きしても政治家として打撃を受けることのないよう、細心の注意を払って語る。

長谷川保氏の弁舌は、まるでアッバス・アルカン氏の教典の「言葉」の教義を体得しているかのようである。今から6年後に東京に発《た》つことになる前にアッバス・アルカン氏が記すところによると、「数学、言語、音楽、これら三つの我々に備わっている力。それこそが最終結論への道標である。その中でも言語は特に重要な役割を果たす」らしい。確かに、雄弁さがなければ、地盤も資金もなかった長谷川保氏が当選することはなかっただろう。ついでながら言うと、アッバス・アルカン氏の教典は、何か具体的な事物、例えばジャーミィやパルテノン、小説や映画、ウォシュレット等、即興的に単語を連ね、各々《おのおの》について説明を加えるという構成になっている。例えば「シーシュポスの神話」という項目についてはこうある。

「永久に繰り返す音、または、ループ関数の顕現としてある神話。神話から着想を得たアルベール・カミュの同名のエッセイ。『徒労について』ということになるが、最終結論に関連して述べるなら、それは下地に過ぎない。考えるべきは出口のこと。出口と最終結論の関係性」言わんとしていることを酌《く》んであげたい気もするが、あまり親切な記述とは言えないように思う。しかしアッバス・アルカン氏の考えでは、親切心は往々にしてミスリードを生むのでなるべくぶっきらぼうに振る舞う方がよいらしく、私と氏とが物理的に最も近づく6年後の東京オリンピックの会場で教典の難解さを指摘してみたとしても、氏がその姿勢を改めるとは思えない。そのような一徹さを有しているからこそ、アッバス・アルカン氏はスタンリー・ワーカー氏が世に送り出す「最高製品」の危険性をいち早く察知することが出来る――のだが、まあ、その話はまだいい。それはまだ少し先のことなのだから、今は放っておいていいはずだ。

私は、私の人生の今この時に、焦点を合わせる。最先端設備を取り入れ、高度な保険外治療が可能で、著名人の患者も多く利用する特別な病院。世界中で最優遇されている人々の、一端をなす機関。その組織の意思決定の一部を、理事会から委任されている会議体。その末席に位置する自分。予定調和的に進められる議事。全ては消極的にかもしれないが、議論の余地なく、選び抜かれたものである。六川恭子女史と目が合った。まじめにやりなさいよ、とその目が言っている。

うまく表現できないが、この状況がアッバス・アルカン氏の言う最終結論へと至る道を形成する下地であることが、私にはわかる。

なぜなら私は、最終結論そのものであるのだから。

Title〈Conclusion 2020〉
From〈Yozoh.Uchigami〉 2014/4/9
To〈Dr.Frederick.Carson〉

「だから、何も考えてはいけないんですよ」

このメールを打っているデスクの向かいで、本日一人目の患者が語っている。職を持たず進学意欲もない、いわゆるニートである患者の頭の中は、常に情念であふれている。ひそかに恋心を抱いていた同級生の少女と数度交わした会話。水泳部で疎外《そがい》された記憶。死ねばいいのに、という呟《つぶや》きを核にして膨らんでいく周囲への憎悪《ぞうお》と自己嫌悪。将来の見通しが立たない不安。そのような類型的な心理に伏在して、ある確信が彼の内面世界を圧倒している。自分の考えが必ず24時間ごとに実現するのだという、統合失調症患者においてはありがちな確信。その強度に比べると、彼の20年間の体験や記憶などちっぽけなノイズに過ぎない。

私は彼の話をひとしきり聞いてから、薬の配分を吟味して処方箋を書き、看護師に渡す。何はともあれ、この稼業《かぎょう》は薬を出すところまでワンセットなのだ。仕事の効率と質の向上のためには、どの業界でも勘所というものがある。私が医学部生時代に働いていたホストクラブでも、次の来店の呼び水となるような一言を帰り際《ぎわ》に申し添えるのがならいだった。スタンリー・ワーカー氏が経営するＩＴ企業、猫杓亭メバチが究めんとするお笑いにおいても、もちろん各々に最適な業務のフォームがある。勘所を押さえつつ業務を遂行することによって、先の例に従うのであれば、斬新《ざんしん》な製品を流通させ、笑いが発生する。私の仕事を例に挙げるならば、例えば自殺する人間を生の状態にとどまらせることに成功している。しかし、それが直ちによきことと言えるのか？　私には、よくわからなくなっている。

希死念慮に囚《とら》われることで弱者となってしまった彼または彼女を守るのには、その人間の属する国家やコミュニティーの余力があてがわれる。最終結論である私は、透明者以外のすべての人間の考えや過去や未来の経験、つまり人類に起こることのほとんどすべてがわかってしまうので、様々な共同体における力の使われ方を追ってみることもできてしまう。日本のような先進国が精神病患者ひとりを支えるのに世界は多大なコストを払っており、そのコストを払える余力をこの国にとどめるために、多くのごまかしや錯誤があり、それを精緻《せいち》に感じることができてしまえるのは、最終結論であるが故《ゆえ》の悲しみ、とでもいうべきか。まともに見つめ続けるとこちらの精神が保《も》たない。が、アッバス・アルカン氏に言わせれば、「あらゆる人間から目を背けてはならない。貧しくかつ惨《みじ》めな環境に置かれ高濃度の不幸を体現する者からすら」とのことらしい。では、私はどうすれば良いというのか、私は6年後の東京オリンピックの会場で、氏に直接聞いてみるべきだったかもしれない。

アッバス・アルカン氏が南東アナトリアからイスタンブールへ出てきたのは、私が患者家族の差し入れの山菜おこわを診療室で掻《か》き込んでいる今この時から遡《さかのぼ》って、10

年も前のことだ。氏は、2年前までずっとまっとうな勤め人として働いてきた。仕事を辞める以前から教典を書き始めていて、いつでも読めるように、またいつでも加筆修正できるように常時バッグに入れて持ち歩いていたが、当初は仕事で受けるストレスをそれで発散しているに過ぎなかった。アッバス・アルカン氏の勤め先は、欧州、アメリカ、日本等からシステム開発の一部を切り出して行う、いわゆるオフショア開発と呼ばれる業種で、これは当然、発注する側と受注先の国家間に賃金格差がないと成り立たない事業である。コストの安さが売りなので、リソースをぎりぎりいっぱい使う計画が多く、スケジュールに遅れが出るとプロジェクトのメンバーは控えめに言っても酷い目にあうことになる。経営陣の調整能力が足りないために押し付けられる無謀な仕様変更、激務のため脱落していくプロジェクトメンバー。氏の所属する部署のプロジェクトは、スケジュールの中盤から連日に渡って徹夜が続き、いわゆるデスマーチの様相を呈した。

氏が仕事を辞める前の数年間は過酷なプロジェクトばかりで、そのほとんどが得意先の Knopute 社からの注文だった。Knopute 社長のスタンリー・ワーカー氏が仕事を発注する際、「いつもの人でお願いね」と申し添えるわけだが、その一言によって、最短でも向こう半年間、長ければ1年以上に及ぶアッバス・アルカン氏の地獄行きが確定することになる。もしもアッバス・アルカン氏以外の人間が同じ目にあえば、プロジェクトの完遂どころか、たいていは精神か体に不調をきたし、例えば私のような精神科医が処方箋を書くことになるのだが、アッバス・アルカン氏の場合そうはならなかった。氏はスタンリー・ワーカー氏の要求する品質やこだわりに応え、持って生まれた強靱《きょうじん》な精神と体力で連日の徹夜や手戻り作業、メンバーたちの愚痴や脱落による人手不足を乗り越えてプロジェクトを遂行し続けた。

事実上専属状態でスタンリー・ワーカー氏の仕事をこなす内、氏は遂《つい》に神の姿を見ることになる。地獄のような労働環境、仲間の連帯や裏切り、氏の責任感等々の混在で疲弊した心が見せた、氏独自の神の姿だったのだが、氏にとってそれは啓示そのものだったようだ。

Title 〈Conclusion 2020〉
From 〈Yozoh.Uchigami〉 2014/7/23
To 〈Dr.Frederick.Carson〉

さて、前回のメールから3ヶ月は経《た》ったが、フレデリック・カーソン氏は私からのメールをまだ一通も読んでいない。でもこれは、氏が不注意だからとばかりも言えないだろう。困ったことに私のメールは迷惑メールと判定され、自動的に仕分けられているからだ。だが、どんな些細《ささい》なものからも足をすくわれる危険性を忘れない氏は、見落としを想定し、念のために迷惑メールを保管している。まだまだ先は長いことだし、とりあえず続けよう。

前回のメールではアッバス・アルカン氏に訪れた契機について触れたが、氏が神の姿を見たことを啓示と捉《とら》え仕事を辞めてしまったように、人は千差万別に物事を受け止め、個々に動機付けられていく。では、「最強人間」の場合はどうなのだろう？例えば過去の記憶を消すことに決めた契機は、フレデリック・カーソン氏にとってどのようであったのだろう。あるいは記憶が倦怠《けんたい》や躊躇《ためら》いを生むことを熟知していた氏が、記憶の保有期間を5年とするのが最良であると決めたときは？

ちなみに私の場合は、契機などなかった。生まれた瞬間から私は「最終結論」であり、言葉を覚える前、ただ泣くことしかできなかった時分も、もちろん今も、ずっと変わらず最終結論のままだ。だが、そんな人間を私も他に知らないので、このメール群を読んでもなお、存在からして疑わしいと思われるのももっともなことだとは思う。

　ともあれ、今、私は懇意にしている同僚の六川恭子医師と共に昼食をとっている。食堂の定食を女史の診療室にトレイごと持ち込んでいる。私が食べているB定食は、主菜のチンジャオロースに梨《なし》と柿《かき》が二切れずつ小鉢で添えられ、ヒジキまでついている。病院の食事だから、味や見た目はともかくとして、安心して食べられる。

　今日はアッバス・アルカン氏のことを私の担当患者の一人ということにして話してみたのだが、女史は特に興味があるようにも聞きたくないようにも見えなかった。湯《ゆ》呑《の》みのお茶をすすりながら少し上目を使って私を見、「というか、さっきから何を打ってるの？」と聞いてくる。私はフレデリック・カーソン氏宛《あて》のこのメールを打っていたスマートフォンから手を離し、ごまかすように笑ってから、アッバス・アルカン氏の話を続ける。「結構その方、行動力があるんですよ。元が優秀な技術者で、リーダーシップもあるから」

　お茶で湿した喉《のど》を小さく鳴らし、女史は目で続きを促す。

「例えば、２０２０年のオリンピックの招致反対運動、あれにかなり打ち込んだりしていたんですよ」

「なら残念だったたね。落ち込んでるんじゃない、その人」

「えっと、どうでしたっけ？　でも、まあそうなることは決まっていたみたいですから」

「ん？　どういうこと？」

「彼によると、あらゆることは既に決まっているんだそうです。そして自分は教典を書き続けることで、それを掘り起こすことができると思っているみたい」

「ああ、なるほどね。つまりそれは、」その続きを遮るように、デスクの内線電話が鳴った。女史が通話している間、私は診療室を見回す。私の部屋とまったく同じ造りだが、女史の趣味でレザーの寝椅子《ねいす》が置かれている。自由連想法による診察はこの病院では行わないから、単なる飾りに過ぎないのだが、女史が定番の冗談で、よかったら寝転んでみる？　と言うのに返すのはいつも少し面倒くさい。しかし、透明者である女史とのコミュニケーションはどこか新鮮な感じがする。女史が受話器を置いた後もしばらく、我々は雑談を続けた。私は二日前に友人に誘われた合同コンパで出会った女性の話をし、女史は聞き役に徹してくれる。

そう言えば、六川恭子女史は私の直接の知人の中でただ一人の透明者なのだが、そのことを証明する手立てが私にはない。どのような人間が透明者であるのか、規則性はまったくなさそうに私には思える。優秀だからとか、美しいからとか、何かしら運命を背負っているからとかそういうことではなく、彼らはただ単に透明者としてあるだけのように私には感じられる。
だから、アッバス・アルカン氏のアパートのドアを叩いた借金取りが透明者であったことも、たぶんまったくの偶然に過ぎない。

Title〈Conclusion 2020〉
From〈Yozoh.Uchigami〉　2014/7/24
To〈Dr.Frederick.Carson〉

借金取りの男が持ってきた借用証書の内容を、アッバス・アルカン氏はよく覚えていた。元同居人から懇願されてサインをする前に、書面をじっくりと読んでいたからだ。文章を文節、単語へと分解して咀嚼《そしゃく》するように読んだその時、氏が確かめようとしたのは、その文面の持つ言葉の力だった。いかに法律に則《のっと》った拘束的な内容であったとしても、氏個人に特に働きかけようとする意志も気概もない定型の言葉の連なりは、アッバス・アルカン氏にとって強い文とは言えない。どれだけ高い金利を約束していても、また抗弁できない連帯保証が明記されていても、恐れるに足るものではない。恐慌をきたした同居人を宥めるため、その程度の文にサインすることに躊躇はなかった。

だがもちろん、借金取りは証書を盾に取って金を返せと迫るのだ。取り立てに来た男は、相手の正気を疑いつつも、アッバス・アルカン氏には借金を返す必要があることを、脅し文句を交えて説明する。

「いいでしょう。わかりました」

きっぱりとしたアッバス・アルカン氏の言葉に、借金取りの表情が緩む。目の前の狂人がようやく返済の義務を認め、なけなしの金を払うとでも思ったからだろうか？ だが残念ながら、アッバス・アルカン氏が了解したのはまったく別のことだった。

「では好きにするが良いでしょう。先ほどあなたがおっしゃった、私の足をコンクリートで固めて金角湾沖に沈める、私を殺害し死体の一部を両親のもとに送り付ける、その上で私の家族の職場や住居で金を返せと責め立てる、いずれの選択肢をお取りになっても、あなたがそうするというのならそれでいいのでしょう。おやりになるが良い」

それからアッバス・アルカン氏がどうなったか？ 結論から言えば、氏は体のあちこちを殴られたものの、アパートの前で言われたように殺害されることはなく、トヨタのRAV4に乗せられてマフィアの事務所まで連れて行かれ、氏の特性に沿った方法で金の回収をするために職歴を聞かれた結果、システム開発会社に送り込まれることになる。脅しに少しも屈することなく振る舞った氏は、やはり教典の言葉が何よりも勝っていたのだと考えるが、皮肉なことにこの再就職は、氏が神を見るきっかけとなった地獄への回帰を意味してもいた。つまり、スタンリー・ワーカー氏からの無理難題を再び背負い込むということだ。

私は今日も六川恭子女史の部屋に遊びに来ている。女史を相手に、スタンリー・ワーカー氏がアッバス・アルカン氏に課すことになる無理難題について話をしてみる。スタンリー・ワーカー氏の頭の中でも構想が固まりきっておらず、プロトタイプ製作に向けていま秘密裏に試行錯誤が続けられている、「最高製品」についてだ。

究極の製品を世に送りたい、というスタンリー・ワーカー氏の野望は、氏の生来の支配欲に始まっている。幼い頃の不安定な家庭環境が欲求の自然な充足を妨げたため、氏は個性を発露する際の方便として「みんなのために」というバイアスをかけるようになった。究極を希求する気持ちは、歳《とし》を重ねるごとに尖鋭《せんえい》化していき、今もKnopute社の出した利益の多くが最高製品の開発に注ぎ込まれている。六川恭子女史に話すにあたって、この件は「私の困った患者の一人が抱える妄想」という体裁をとっているのだが、女史はそれこそ患者の話を聞くときのように、適切なタイミングで相づちを打ってくれる。

　サンノゼのKnopute本社では、スタンリー・ワーカー氏が日本人女性タレントからインタビューを受けている。理知的な尊大さと気さくさを織り交ぜ、日本人の喜びそうな受け答えを計算しながら、氏はその実、「最高製品」について演説をぶちたくなる欲求をこらえ、回りくどい快感を覚えている。大物芸人なる者からの凡庸な提案を妙に媚《こ》びた目付きで伝える日本人に、「確かに興味深いですね、しかし私にはもっと面白いアイデアがあるのです。例えば――」と切り出してみることを想像する。そうすればどうなるだろう？　変人スタンリー・ワーカーがついに狂ったということになるだろうか？　あるいはこれまでのように、次の製品を熱狂的に受け入れさせる下準備とでも解釈されるだろうか？　一流のマーケティング手法に違いないとでも？

　今では当たり前に普及しているスマートフォンやタブレットPCをマスプロダクトとして初めて世に送り出したKnopute社は、情報産業の雄と目されている。だが、別会社を立てて秘密裏に開発を続ける「最高製品」は、単なる情報端末ではなかった。現実と寸分違わぬ五感を脳に直で送り込むことを目指し、基礎技術の開発が急ピッチで進んでいる。それだけではなく、水分補給や栄養補充、排せつ物の処理までも自動的に行う介護装置を応用した技術も組み合わせる予定だ。そうすることで、人間が「最高製品」に接続している間、現実世界を完全にシャットアウトし、装置が作り出す刺激に没頭することができる。スタンリー・ワーカー氏は「最高製品」に接続した人々の脳波をネットワーク化して、一元的に管理することを夢想する。一度そこに繋《つな》ったなら接続を解除するまで何もしなくてもいい、もし気が向けば寿命が尽きるまで接続したままで過ごすこともできる、そんな製品。しばらくは外で管理する人間が必要だろう。例外的な事象への対応のためにノウハウを蓄積しなければならない。しかし例外処理も含めて生命維持を完全に自動化することができれば、いずれは世界中の人間をその製品の虜《とりこ》にし、そこに接続させ、一つの夢を共有させることができるのではないか。

「きっと、びっくりするような構想がおありなんでしょうが。少しでもいいので、新しい製品のヒントをいただけないものでしょうか？」

女性レポーターが身を乗り出して答えを待つ。スタンリー・ワーカー氏は、今から4年後に友人のフレデリック・カーソン氏に最後に向けることになるのとまったく同じ、穏やかな笑みを返す。

「申し訳ありませんが、それはもうしばらく内緒です」

Title 〈Conclusion 2020〉

From 〈Yozoh.Uchigami〉 2014/7/25

To 〈Dr.Frederick.Carson〉

「もうしばらく内緒」はホストクラブに在籍していた頃、私がよく使った台詞《せりふ》の一つだった。最終結論である私は、透明者を例外にすべての人間の考えや過去や未来の経験、つまり人類に起こることのほとんどすべてがわかってしまうので、どの女性が私の顧客になるのかもよく知っていた。私の顧客たちは年齢も性格もまちまちではあったが、周囲の人間とうまくやっていけず、どこか遠いところに自分だけのための理想の世界や異性があるかもしれない、といったあてどもない期待を捨てることができない、ある種の少女性を有しているところが共通していた。当時の私はそんな顧客達をもてなし、売り上げをのばすことを楽しんだ。

「それ、わかるなぁ。その――最終決着？　私もそんな感じだからさ。つまんないよね？　こっから先のことだって、だいたい想像出来ちゃって」顧客の中には私の話に共感してくれる、あるいは一種のジョークと捉えて面白がってくれる女性もいた。

「最終結論ね。まあ、決着でもいいんだけど」私は笑いながら言う。「でも、すべてわかってしまうからこそ、ひとつひとつが大切なわけですよ。ある意味ではもう全部決まっているんだから、どれだけ知らない感じでいられるか。それでなりゆきをどれだけ楽しめるか。ことの大小は僕くらいになってくると、もうあんまり関係ないんだ。だからさ、有香子《ゆかこ》さん」

「ん？」

「さっき入れてくれたこのボトル、とても嬉《うれ》しいです」

私はルックス的にはたいしたレベルにないが、最終結論たる能力を有しているので当然売り上げが良かった。ホストクラブの経営者であるところの武蔵《むさし》さんからは、他の従業員にはっぱをかける材料として当初は重宝がられ、後に煙たがられるようになった。武田総一郎《たけだそういちろう》という若干古風な本名を持つ武蔵さんは、自分の能力、特に突破力には自信があり、無闇《むやみ》に高いハードルを自ら設定し、それを飛び越えることに快感を覚えるタイプの人間だった。どれだけ無茶苦茶やっても、俺ならどうにかなる、というのが彼の人生観であり誇りでもあった。界隈《かいわい》で一番人気の同業店の向かいに店を出したのも、自尊心をより満足させるための行為の一環だった。彼が私に一種の脅威を感じたのはだから、彼の誇りを傷つけたからに他ならない。彼の基準からすると、容姿レベル、トークスキル、おもてなし力、オーラ的なもの、そのどれをとっても特筆すべき長所のない私の売り上げが高いことが不可解だった。やがては、ひょっとしてこいつは場当たりで悠々とやっていく能力を俺よりも持っているのではないか、という疑念を持つようになる。

そのような点において最終結論である私と勝負しようとするなど正気の沙汰《さた》とは思えない。だが、まあ、彼は事情を知らないので仕方がない。人様の領分を荒らすのは忍びないので、私は大人しく勤め先を変えることになる。そして今度は赤羽のホストクラブにて数々の女性の中に潜む少女を呼び出しては当人に意識させ、それを二人で愛《め》でることで指名料を稼ぎ、口を糊《のり》しつつ医学部に学費を納めてきた。基本的なスタンスとして、顧客とはあくまで店の中だけの付き合いにとどめていた。でも赤羽時代に一人だけ、深入りしてしまったことがあった。

その彼女から、診察の合間であるただ今、電話をもらっている。机の上のスマートフォンが、懐《なつ》かしい名前を表示させながら振動している。

映画好きの女性だった。交際当時は27歳で、今は38歳になっている。私はホストの仕事上がりに彼女の部屋に入り浸って勉強し、そのまま学校へ、または店へ行くことも多かった。彼女は広告代理店の派遣社員で、夜はキャバクラでも働いていた。睡眠時間はとても短かったのに、奇跡みたいに綺麗《きれい》な肌をしていた。そしてそれがいつか失われてしまうことをとても悲しんでいた。

「ねえ、用蔵《ようぞう》くん」当時の彼女は、化粧を落とした分厚い眼鏡姿で私に呼びかける。私は彼女の傍らで聞いていることを表すためだけの声を発する。

「これって用蔵くんみたいよね」唐突ではあったが、彼女の言う「これ」がDVDで鑑賞中の映画に出てくる、惑星そのものを指していることが私にはわかる。いや、厳密に言うと、「惑星ソラリス」をおおう、単細胞生物も多細胞生物も超えた、安定的かつ永続的に生きる存在であるところの海を指しているのだった。

彼女の眼鏡のレンズで、ディスプレイの像が光っている。原作小説の中では、ソラリスをおおう海を一つの巨大な脳としてとらえる学説が出てくる。だが、それが何を考えているのか人間にはわからない。映画好きの彼女は原作を読んでいるわけではなかったが、その示唆《しさ》するところをタルコフスキーの映画から感じ取り、私にはそれに似たところがあると言っているのだ。全てを悟りつつ何も知らないふりをし続ける、巨大な脳のような生物。

「ルール設定が違うのよ。あなただけ」
そう言った彼女は、既に私との別れを予期していた。彼女は旧弊な両親にせっつかれ、また同時に三人の男性にアプローチされることで、自らの婚期を意識していた。なにせもう11年も前の時代だ。表面上は母親に反発することも多い彼女だったが、親の期待に沿った人生を歩む癖が身についていた。さようなら惑星ソラリス、わたしは地球に戻らなければならないの、言葉にせずに、彼女はそう頭の中で呟く。

その彼女が11年ぶりに私に電話をかけている。旧式の二つ折り携帯を手に取って、この番号が未《いま》だに私のものなのか半信半疑の思いで。昼下がり、彼女の息子は二人とも近くの小学校で5限目の授業を受けている。同族経営の企業を継いだばかりの夫はランニングコスト削減のための設備投資について資料を読み込んでいる。彼女は、離れている時の彼らのことをいつからかうまく想像できなくなっていて、遠い記憶の中で美化された私のことを考える。もしかしたら、自分が本当に愛することができるのはこの内上用蔵《うちがみ》だけだったのではないか、自分は選択を間違ってしまったのではないか。彼女は、私がこの電話を取ったなら言おうと、今だからこそ言えるほんとうのことを用意しようとする。しかし、仮に私が電話に出ることがあったとしても、彼女はうまく話せないだろう。今思い浮かべていることだって、同じくらい間違っていることを、彼女もまた知っているのだ。

振動が止《や》み、画面が暗転した。コール音が繰り返す度に昂《たか》まった興奮の余韻が残っている。私は少しの間次の患者を呼ぶことができなくて、書き物をしているふりをしていた。

Title〈Conclusion 2020〉
From〈Yozoh.Uchigami〉 2014/7/26
To〈Dr.Frederick.Carson〉

「あの猫杓亭メバチがあのスタンリー・ワーカーに新製品を提案する」が収録されるスタジオは、私の勤める病院から直線距離で2キロも離れていない。一番近い総合病院であるため、そのスタジオで出た病人や怪我人《けがにん》のほとんどがここに運び込まれることになる。

猫杓亭メバチの番組スタッフの一人で、スタンリー・ワーカー氏が経営するKnopute社との交渉窓口を担当する赤井里奈さんも、当院に運び込まれたことがある。奇抜なファッションやテクノサウンドで注目される女性歌手のライブイベントの誘導係をしている時に怪我を負ったのだ。そのまま入院することになった彼女は入社してまだ1年余りだったが、既に仕事への意欲を失いかけていた。志望していた報道ではなく、バラエティの部署に回されたのが不服だった。先輩社員から自分の好きな部署に転属できる可能性はそう高くないと聞き、先の展望も見失った。帰国子女でもある彼女の脳裏で、社会の仕組みに納得がいかない故の漠とした不安とも相まって、もう転職するしかない、転職するなら早いに越したことはないという思いが駆け巡っていた。

しかし、それから3年経った頃、Knopute社屋での取材を終えて撮影スタッフに撤収指示を出す赤井里奈さんは、そんな煩悶《はんもん》があったことなどきれいさっぱり忘れている。スタッフたちが片付けるのを眺めていると、傍らのスタンリー・ワーカー氏に声をかけられた。局側スタッフの中で英語が話せるのは、インタビュアーを務めた女性タレントと、彼女だけだった。

「あなたにはこっそり話そうかな」

スタンリー・ワーカー氏の言葉に、新製品の情報をいただけるんですか？　とエスタブリッシュメント層の子女の通うアメリカの高校で培《つちか》った如在《じょさい》ない笑みで、彼女は応じる。いかにも日本的な組織で新人時代を過ごした呪縛《じゅばく》も、徐々に解けつつある頃だった。彼女を思考停止へと追いやっていた圧力は、さらに下の新人や下請け会社へ、つまり更なる弱者へと向かっている。そんな彼女の笑みは、スタンリー・ワーカー氏の琴線に触れるものがあった。それに本当に重要なことはこのようにお膳立《ぜんだ》てなしの、ふとした合間に語られるべきであるように思えた。

「オフレコですよ」スタンリー・ワーカー氏がそう言うと、赤井里奈さんは大げさな身振りで周囲を見回し、誰も自分たちの会話に注意を払っていないことを示す。スタンリー・ワーカー氏は、先ほど彼女がやってみせたのと対にして並べたくなるような親密な笑みを浮かべる。私の小さな胸の内にとどめておきますから、遠慮なくお話しください、赤井里奈さんは小声で顔を寄せる。

最高製品という名前からあなたがたは一体どんなものを思い浮かべるだろう？　これ以上ない、最高の製品とは、果たして？　それを手に入れたら以後に何も必要としない、文字通りそれさえあれば生きていける製品。しかし、人間がある製品にすっかり満足してそれで生きていくことができるだろうか？　もし、この上ない満足感を得ることができたなら、それは終わりを意味するのかもしれない。完璧《かんぺき》な満足感をもたらしその後の人生を余生と化してしまうもの、そんなものを私は作りたくはない。それは人々が望むものでもないはずだ。あなたがたは未来志向ではあるが、どこか未完成で、しかし先に広がる可能性を感じさせるものをいつも求めてきた。つまり、最高の満足感を与えるものは、最高製品になり得ない。むしろその逆で、最高製品はいつまでも未完成な状態を人々に際限なく見せ続けるものでなければならない。

持続可能な発展性に満ちた夢はCPUが作り出してくれる。以前はコンピューターが作り出す世界を視覚に伝えるディスプレイすらも、巨大で持ち運ぶことができなかった。色もなく、灰色のブラウン管に緑のコマンドラインが浮かぶだけ。それが今や、誰もがトゥルーカラーの高精細ディスプレイを持ち歩いている。そう、あなたが使っている我が社のKnowPhoneがまさにそうですね。今のところ、その小さなコンピューターが作り出す世界にアクセスするためには、画面を見なければならない。キーボードや未だ不完全な音声識別機能で、文字情報を入力しなければならない。だがいずれはそんなまどろっこしい中継ぎは必要なくなる。入出力の装置を最小限にまで廃し、ユーザーの脳波とCPUが作り出す世界がほとんど直結する。そして最高製品には、接続中の生命維持を可能にする栄養素が送られる機能も盛り込む。究極的に言って、もはや人は現実世界で生きていく必要はなくなるのだ。多分最初は一部の好事家《こうずか》のカルト的な遊びとしか思われないだろう。だが、変化は砂浜が消失するようにゆっくりと、しかし確実に起きていくことになる。

赤井里奈さんの困惑の表情をみて、自分の話をできの悪いサイエンスフィクションとでも受け取ったのだろうと愉快がりつつ、氏は同時に別のことを考えている。最高製品によって実現する、人々が消費するカロリーをはじめとしたエネルギーと、この惑星が恒常的に提供できる資源とが完全に釣り合う状態。その均衡の下で、人の意志によって生じるささやかな変化をすべて継続させていくことができれば、調和のとれた土台の上に新たな世界をもう一度組み上げることになるのではないか。最高製品がもたらす世界の終わりと始まり、氏はそれが既に何度も起こっているのを知っているような錯覚を覚える。

「まあ、端的に言って映画のマトリックスみたいなものですよ。覧《み》たことありますか？　エビぞりのあれです。その他にも似たようなものがあったかもしれませんが、まあようはあれです。ただし、何かに支配されるとかではなくて、コストパフォーマンス追求の結果、ああなるんですがね。はは」スタンリー・ワーカー氏は赤井里奈さんにそう笑いかけると、口を挟む暇も与えず、突然に背を向けた。歩み去りながらも、氏は興奮状態で思考し続ける。本当に誰もが等しく味わえるだけの幸福を、偏《かたよ》りなく分配することを望むなら、このくらいの荒療治が必要なはずだろ？　俺を含めた裕福な国に住む太った豚どもが悩むこと自体、陳腐な個を主張すること自体、単なるわがままにすぎない。糞《くそ》みたいに悩む頭を稼働させるカロリーと時間は、誰かのかわいそうな血によって供給されているのだし、だから、そう、我々は新しい世界に移行しなければならない。そして私には最高製品を作ることができる。ほら、あなた方の手の中にあるスマートフォンはそのためのステップに過ぎないんですよ。大丈夫、あなた方の中にあるすべての要素は、新しい世界において、どれもが公正に等しく正しく愛してもらえるよ。

悪魔：調和を壊すもの。象徴界への太い回路をもちながら、それを現実界におろす際に故意にねじまげることを楽しみとする。聞こえのいい不協和音。誤用を隠す接続詞。うろんな定義に基づいた証明。偽りの最終結論。

スタンリー・ワーカー氏が取材を受けていた頃、アッバス・アルカン氏は教典、ではなくプログラミング言語を綴《つづ》っていた。借金の回収というビジネスに意識の高いマフィアにとって、アッバス・アルカン氏をコンクリート詰めにして沈めようが、死骸《しがい》にして両親のもとへ送り付けようが、金が返って来なければ無意味なのだ。そのような作業が脅しとして効力を持つのであれば多少やってみただろうが、勘当されて教典を書いているような男をどれだけいたぶろうが、成果が得られるはずもなかった。氏の命の軽さが氏を救ったというシニカルな言い方も、できなくはないだろう。

優秀なマフィアは職業コーディネーターも兼ねる。どこまでも実利的な彼らは、氏のプログラミング能力とソフトウェア開発における現場指揮能力に目を付けた。マフィアは出資関係のあるソフトウェア開発会社に氏を送り込み、難易度の高い短納期の仕事をさせ、収益の大部分とわずかばかりの氏の給与を差し押さえた。氏の生活はマフィアが用意した1Kの部屋と職場との往復に終始した。日中は設計書の手直しや開発の進捗《しんちょく》確認、リタイアしたメンバーや働きの悪い者の代わりに作業をし、部屋に戻ってからはノートに向かって教典の推敲《すいこう》を重ねる。アッバス・アルカン氏の右手中指には何度もまめができてはつぶれ、氏の信仰心と同様に揺るぎなく堅固になっていく。選択の余地のない日々を、氏は法悦に浸って過ごした。昨日と今日との区別が曖昧《あいまい》になっていく中で、「時間」についての教義はとりわけ何度も書いては消しを繰り返し、その定まらぬ内容がいつも頭の中で周遊しているようだった。氏は時間のことを考え、その思考の密度と時間の関係を考える。逆に何も考えまいとしてみて、本当に雑念を捨てた瞬間さえあり、その時の感覚についても教典に書き加え、やがてそれが間違いだと思い直して消した。

ある日、氏は自分が担当するシステム開発のプロジェクトに共通したトーンがあることに気づく。それらのプロジェクトは、ある個人の企《たくら》みに基づく一個のシステムを形作る要素であると氏は直感する。それが傲慢《ごうまん》と呼びたくなるほどの強い意志によるものだと感じた氏には、個別のプロジェクトが連結してできあがる全体像を思い浮かべることができた。

つまり、アッバス・アルカン氏はスタンリー・ワーカー氏の「最高製品」の完成像を幻視したのだ。

スタンリー・ワーカー氏は秘密裏に開発を進めるため、いつもの発注ルートを使わずに各工程を外注したのだが、それを受注したアメリカの企業もまた外注し、さらにもう一社を挟んで、結局またもやアッバス・アルカン氏に仕事が回ってきていた。アッバス・アルカン氏は発注者であるスタンリー・ワーカー氏の構想の根っこにある邪《よこしま》さを感じ取り、教典の「悪魔」についての一節を思い出す。静かに続いた恍惚《こうこつ》の日々に、突如として波紋が広がっていく。悪魔め、とアッバス・アルカン氏は呟く。

その存在に気づいてしまった以上、どうあっても放置してはおけない。「打倒すべき敵」の項目には、「悪魔」という言葉が確かに含まれている。

そうして行きつく先は東京オリンピック、聖火のあるスタジアム、夢の島、そして惨事。語るべきことは多々あるが、当然最終結論である私以外、まだ誰もそのことを知らない。

Title〈Conclusion 2020〉
From〈Yozoh.Uchigami〉 2014/7/27
To〈Dr.Frederick.Carson〉

最終結論であることは良いことでも悪いことでもない単なる事実だが、映画好きの元恋人に言わせれば私のそんな人となりが、惑星ソラリスに例えたくなる所以《ゆえん》なのだそうだ。

「ルール設定が違うのよ、君は」

「そりゃ誰だって別々の世界観を持っているんじゃないかな？　それを徐々に合わせ

ていくのが人間同士の付き合いだろ？」

あの時、確かに私はそれを、ごく一般的な別れ話に収束させようとした。彼女は何も言わず私の目を少しだけ見つめた後、目を伏せて遠い架空の惑星について思う。思考する海に包まれた、生きながらにして生きるのをやめた、惑星そのもののような生命体。生命の最終形態であるとも、単なる有機組成のゲル状物体であるとも、架空なのだから様々な説が語られる。だがいずれにしろ惑星はそこにあって、もしかしたら何かを考えているという可能性はなくならない。

彼女に指摘されるまでもなく、私のそばにいることで違和感を持ったり、調子を狂わせたりする人々は多くいた。通常の人間は私のように、他の人間が何を考えてきたのか／考えているのか／考えることになるのかわからないものだし、その集積としてどのようなことが起きたのか／起きているのか／起きることになるのか、わからないものだ。これまでに透明者を除くかなりの人数の内側を覗《のぞ》いてみたが、私に似た者は誰一人いなかった。ひょっとすると私の把握できない透明者たちが私と同じ状態である可能性はあるが。私は、ふと寂しさを覚えることがある。そんな折は、私の置かれている状態について誰かに披露してみたくなる。

「あなたの言っていることをうまく理解することができないな。率直に言って」

最強人間であるところのフレデリック・カーソン氏、つまりあなたは私の話を聞き、カクテルグラスを片手に肩をすくめることになる。今から4年後の2018年7月24日、東京オリンピックのために招集されたメディカルサポートチームのレセプションパーティーでのことだ。

パーティー前の国立感染症研究所の説明会で、一般・輸入感染症の動静や、病原体の意図的散布に対処する監視システムについて報告があり、症例追跡用のWEBシステムが立ち上げられると聞かされた。日常業務に追加されるだろうそのWEB報告の負担を私と六川恭子女史とで譲り合っていた立食会場で、あなたは片言混じりの日本語で私の隣の女史に話しかけてきたのだ。

三人目の妻にも去られて独り身のフレデリック・カーソン氏は女に飢えていた。そして六川恭子女史は氏の好みにあった。だが氏にとっては残念なことに、女史は通り一遍の会話を終えると知人に見つけられて他のテーブルへ移ってしまう。私は女史が残していった慣性に従う態《てい》で、気が乗らないあなたをつかまえてしばらく会話を続けようとする。

米国東海岸にある国立研究所の顧問であるフレデリック・カーソン氏は、環境生物学の世界的権威とされている人物だった。氏が若くして著した「鉄と法、座標と温度」は、氏の名前を一挙に有名にした名著とされている。最終結論である私からみても、徴々たる誤りが散見されはするものの、概《おおむ》ね正しいことが書かれてある。さすがに後に最強人間になるだけのことはある。

名声を鼻にかけず気さくで社交的なフレデリック・カーソン氏本人、つまりあなたの前で、私は著書の内容を具体的に列挙して褒めてみた。例えば国家の体制による人口の上限比率、それに関わる係数として技術力や法整備を用いたアイデアの正しさについて。著書の中で氏は、ある国の技術レベルと法整備の精度をマッピングして割り出し、各国のグレードを付けているのだが、その中でクラスAにあたる国と地域は執筆当時において、中央集権タイプの国家で人口上限1億2千万人、連邦制タイプで3億6千万人であり、その比率は常に1：3であるとした。修辞法上とても控えめに主張されたこの推論は、結論から言うと正しいので、私は少々酒に酔った態でフレデリック・カーソン氏にそのことを伝えてみた。

他人からの阿諛追従《あゆついしょう》や的外れな批判に慣れきっているあなたは、しがない精神科医がそのどちらでもない立場を取ったことに驚いたものの、感情を表に出すことなくただ慇懃《いんぎん》に、

「すごく自信をもっておっしゃるもんだ。私も見習いたいところですよ」

と言ってカクテルグラスに口をつけた。しかし会話を続けるうちに、あなたは私の断定的な物言いが気に障《さわ》り始めることになる。なんだってこいつはすべての物事は既に決まっていて、自分だけがそれを知っているような言い方をするのか？　事実としてその通りなのだが、私のことをよく知らないあなたは私を頭のおかしい厄介な相手だと思っている。あなたが私の本質を知ることになるのはまだずっと先の話だから、この時点の私たちは、ありふれた人間同士のこけおどしや鞘《さや》あてに勤《いそ》しんでいればよい。だから私は、

「私にはね、なんとなくわかる気がするんですよ」と、こんな言い方をする。

「ほう。わかるというのは何がですか？」

「まあ、つまり結論のようなものです。あらゆるものごとが、結論から言うとどういうことなのか。私にはそれがわかるような気がするんです」

「なるほど。おそらくそれは、禅の精神に通じることですな」

「そうかもしれません。ところで、Dr.は禅に興味がおありですか？」

「友人にとてもはまっている人間がいますね」

この友人というのは、スタンリー・ワーカー氏のことだ。というより、フレデリッ

ク・カーソン氏に友人と呼べる人間は他にいない。

今から4年後のこの時点で私の送ったメールは何通も溜《た》まっているのに、フレデリック・カーソン氏はまだ一つも開封していない。初対面のこの日、微妙にかみ合わない会話を続けて仄《ほの》めかしてみたのだが、結局氏が迷惑フォルダに振り分けられたこのメールを取り出してみようと思い付くこともない。私は最終結論なので、そもそも存在からして卑怯《ひきょう》だと思われかねないから、こんな風に十分過ぎるぐらい前もって告知しフェアプレイに徹しているのだ。にもかかわらず、フレデリック・カーソン氏は私の配慮に全く気づかず、会話をスマートに打ち切ると別の人だまりへ移動し、パーティー的な会話に興じ続ける。私の困った患者の一人である長谷川保衆議院議員と氏が知り合うのもこの時のことだ。

最強人間フレデリック・カーソン氏は、いつでも並行して複数のことを考えている。長谷川保氏に敬愛の意を表されその返答を考えながら、奇妙な精神科医との会話のこと、視界の隅っこでとらえた六川恭子女史のサロペットドレスの臀部《でんぶ》のこと、数年前に離婚した妻のこと、等々について思いを馳《は》せている。中でも比重を占めていたのは、「滞在中に何としても日本人女性とベッドに入りたい」という願望だった。多くの思念が渦巻く頭をゆっくりと転回させながら手ごろな女性を物色し、氏は結果としてこの場でパートナーを見付けることに成功する。彼女もまた男を求めていた。お互いに渡りに船とばかりにその晩二人は大いに励み、氏が2020年の東京オリンピックに関連する仕事で定期的に日本を訪れる間も、関係を継続することになる。もし氏の望みがこれほどうまく叶《かな》わず、一人寂しい夜を迎えていたとすれば、わざとらしく付きまとってきた私との会話が蘇《よみがえ》り、このメールをチェックしたかもしれない。

もしそうしていたなら、最強人間であるあなたと最終結論である私の「最後の会話」の趨勢《すうせい》も変わっていたかもしれないが、これはまあ、今考えても詮無《せんな》いことだ。

Title〈Conclusion 2020〉
From〈Yozoh.Uchigami〉 2014/7/28
To〈Dr.Frederick.Carson〉

アッバス・アルカン氏は向こう2年以内に借金の返済を終えるが、悪魔的意志によるプロジェクトの出所を摑《つか》むために仕事は続けていくことになる。業務の合間に調査を進め、システムの要求仕様書に記載された発注元の Emosynk 社についても探ろうとする。しかし、情報はあまり出てこない。世界中のあらゆる企業にコードを振ることを存在目的とする、D&B社のデータベースにアクセスすると、本店がカリフォルニア州サンノゼにあること、代表者がフレデリック・カーソン氏であること等がわかるが、売り上げや業態の詳細はすべて非公開とされている。

アッバス・アルカン氏は、フレデリック・カーソン氏個人についてもGoogleで検索する。Wikipediaにて7000wordsで説明される氏は典型的な学識エリートであるように見受けられるが、アッバス・アルカン氏は、その経歴がカモフラージュなのではないかと疑う。自分が開発させられてきた禍々《まがまが》しいシステムを製造する動機につながりそうなことは巧妙に隠されているのではないか。いや、あるいは輝かしい経歴そのものが動機になることもあるだろうか。一種の倦怠《けんたい》の顕《あらわ》れとして。アッバス・アルカン氏はフレデリック・カーソン氏の著書をWEBで注文し、届いたはしから読んでいく。そして自分の直感は当たっていたのだという思いを深めていく。

だが、公正を期するならば、この時点の氏を悪魔と呼ぶのは適当ではない。スタンリー・ワーカー氏が秘密裏に立ちあげたEmosynk社に、フレデリック・カーソン氏はまだほとんど関与していなかったし、友人から頼まれて名前だけ貸すことを承諾した際も「またスタンリーがわけのわからないことを始めたな」くらいにしか考えず、その後しばらくはすっかり忘れていたからだ。若かりし頃こそキャリアの積み方に細心の注意を払っていたが、評価が固まった後は眼前に現れた何にでも首を突っ込むようになった氏にとって、それは気軽に引き受けた頼まれごとの一つに過ぎなかった。

追跡者の存在などつゆ知らず、フレデリック・カーソン氏は2018年にパーティーで既婚女性と知り合い、その後は東京オリンピック関連の仕事にかこつけて、定期的に東京で逢瀬《おうせ》を重ねるようになる。誰かがWikipediaに「親日家である氏は東京オリンピックの準備体制に大いに貢献している」と書き加え、それを読んだアッパス・アルカン氏は、米国ではなく異国の地である東京滞在中の方がターゲットを捕捉《ほそく》しやすいと判断することになる。氏がインターネットで調べたところによると、フレデリック・カーソン氏は国立研究機関の顧問的な役職をいくつか掛け持っているだけで、常勤の職場はなさそうだった。事実、その頃既にフレデリック・カーソン氏は給与収入を必要としていなかったし、米国の西海岸と東海岸、それにハワイに持っている住居の所在は隠されていたのだから、アッパス・アルカン氏の立てる方針は妥当であると言えるだろう。

優秀な技術者であるアッパス・アルカン氏は、プロジェクトの進捗状況を各メンバーが作成中のコードや資料にさらりと目を通すだけで把握し、的確かつ迅速な指示を与えることができた。借金を返し終えマフィアが去った後も会社は氏を手放そうとせず、氏の渡航資金も順調に貯《た》まっていく。

ちなみに、アッバス・アルカン氏がアタチュルク国際空港からついに飛び立つ時には、厳密な意味で氏が相手に据えるべきはずのスタンリー・ワーカー氏はこの世から消えた後だった。

Title 〈Conclusion 2020〉
From 〈Yozoh.Uchigami〉 2014/7/29
To 〈Dr.Frederick.Carson〉

昨日のメールでは、アッバス・アルカン氏の動静を伝えるにあたってつい不用意に、現在から数年先に渡る話をしてしまった。もしかしたら私の最終結論性がちょっと鼻に付いただろうか？ でも、それより遥《はる》かに先のことだって、そろそろ話し始めなければならない。

「治療における攻めと守り」について、フレデリック・カーソン氏は私と論じ合うことになる。今からずっと先、「最後の会話」においてのことだ。東京オリンピックの

2年前に開会式と同じ日付で開かれるパーティー、あの初対面の時にも話そうとしたのだが、女の尻《しり》を追いかける氏は気もそぞろだったので、私はそのまま口を閉ざす代わりにブルーラグーンの入ったカクテルグラスに唇を寄せてごまかした。あれから長い時が流れ、「最後の会話」に臨む私は、スタンリー・ワーカー氏を自殺へと追いやった咎《とが》を糾弾してフレデリック・カーソン氏の動揺を誘う。しかし氏が濃い眉《まゆ》をひそめたのは表面上のことで、内面にはほとんど誤差のような微細な揺れしか起こらない。

そう言えば、私が「最後の会話」で手に持つ酒も初対面の時と同じブルーラグーンだ。そんなに好きなカクテルでもないのに不思議なことだ。フレデリック・カーソン氏には、他人の秘めたる部分を誘い出す引力のようなものがあるのかもしれない。能力、と呼ぶには禍々しすぎ、魅力と呼んでしまうにはどこか色気の足りない何かが。

精神科医にとっての勝敗を限りなくシンプルに捉《とら》えるなら、最大の敗北は患者の自殺ということになる。薬の投与が必要ない状態に復帰させる「勝ち」を目指すにあたって、負けないことを第一に治療をするのか、あるいは快復に向けて攻めの治療をするのか。負けると次のチャンスがない以上、守りの治療を良しとする流れに抗《あらが》うことは難しい。イソミタールでもリーマスでもレキソタンでもなんでも組み合わせて、ぼやけた意識で生物学的に生きた状態にいさせれば、効いている内は少なくとも負けない。しかし薬の摂取量がどんどん増えていく内に、引き返せないところまで病状が進行し、結果として負けるしかなくなることもある。スタンリー・ワーカー氏もそんな趨勢の被害者の一人なのかもしれない。

加えてスタンリー・ワーカー氏は、多くの資産や権力を持つが故《ゆえ》、自由裁量でその場しのぎの薬物を摂取し、自らの病状の悪化に無頓着《むとんちゃく》だった。氏が天職と思って打ち込むビジネスは、あまりにうまく行き過ぎていた。部下たちがあげてくる報告メールに目を通せば、彼らの人生の望みと限界が手に取るようにわかった。自分が情報産業の雄と呼ばれるまでにこの会社を発展させてきたのは、もしかしたら彼らの人生の物語をこの手に掴むためではなかったか、氏はそんな風に考えてみることもあった。人々の持つ認識や情念をあますところなく可視化し、掌握する。まずは多くの人間に高性能情報端末を与えることによって。スマートフォンの小さな画面を絶えずのぞき見て、思考や感情を共有し続けることに夢中になっている人々は、本能的にその下準備をしているようにも思える。彼ら全員がひとまとめに最高製品につながったなら、ようやく私が本当は何を望んでいるのかが分かるかもしれない。私がこんな風である理由、誰のことも愛《いと》おしく感じない理由、私にはわからない、人類が存在する理由。

今ある場所からなんとか抜け出さなくてはいけないという強迫観念に、氏はいつも追い立てられていた。

「率直に言って、君は繊細すぎるんだよ」スタンリー・ワーカー氏が最後に会うことになるのは、友人であるフレデリック・カーソン氏だった。この頃には業務中こそ天才・鬼才と称されるいつものスタンリー・ワーカーを保つことができていたが、仕事を終え部屋に戻ると何をする気も起こらず、ただ薬を飲んで眠り続けていた。そんな中ふと、氏はフレデリック・カーソン氏に久しぶりに会ってみようかと思い付いたのだ。先日完成したばかりの最高製品のプロトタイプについても話してみるつもりでいた。エスカレートしていくチキンゲームの最中、我に返ってその滑稽《こっけい》さに爆笑するように、二人で笑って終わらせられたら良いと思った。なあ、スタンリー、これはもう既にゲームじゃなくなっているよ。この先にあるものは、勝者への賛辞ではなく、愚か者に向けられる嘲笑《ちょうしょう》だけだ。

両氏は似た世界観を持つ友人同士であり共通点も多く、同類とみなせなくもない。だが私に言わせれば、両氏には決定的な違いがある。発想は同じでも、行動に移すときに両氏は別の選択をすることが多かった。例えばスタンリー・ワーカー氏の部下のヴァイスプレジデントだが、彼は大中小のダメージのミスを様々に犯してきたにもかかわらず、未だKnopute社で同じ職位にあり、この当時はスタンリー・ワーカー氏の健康状態を気遣っている。もしもフレデリック・カーソン氏が上司であったなら、ミスのカウント数に応じてとうの昔に解雇されていたことだろう。これと同様に、スタンリー・ワーカー氏が最高製品の稼働《かどう》を中止して引き返すきっかけを求めていたのに対し、フレデリック・カーソン氏は友人の背中を思い切り押す助言をしようとしていた。そもそもフレデリック・カーソン氏には、友人がこのような場合に躊躇《ちゅうちょ》するわけがよくわからなかった。

「君は繊細すぎるんだよ」フレデリック・カーソン氏は再び言った。今度は少しばかり思惑を込めて。あと一押ししたなら、取り返しのつかないことが起こるかもしれないし、どうもならないかもしれない。氏は興奮に鳥肌をたてながら、友人の背中を押していく。「繊細すぎる君は、君がこれまで成し遂げたことにも、これからやらなければならないことにもそぐわないだろうね。もしかしたら君は成功しすぎたのかもしれない。そしてその成功が君を追い詰めているんだ」そうかもしれない、とスタンリー・ワーカー氏は思う。氏は若かりし頃、投資家に出資を頼みに行ったときのことを思い出す。自分がどれだけ理知的で、かつ泥臭いことも厭《いと》わない精神力を有しているか。どれほどの人を引きつけ、束ねることができるのか。練り上げたビジネスプランには間違いなく将来性があり、それを実行するだけの能力が自分にはある。九分通り口説き落とした投資家から、出口戦略について尋ねられた。投資された分を最終的にどのような形でリターンするのか。株式を上場させ一般投資家に高値で買わせることを出口とするのか、あるいは既存の大企業に買収させることを出口とするのか。

「出口戦略」

フレデリック・カーソン氏からの緩慢な誘導を受けながら、スタンリー・ワーカー氏はそう呟《つぶや》く。わかってる。俺が求めていたのはそれだ。ここではないどこか別の場所や時間を、自分ではないもっと完全な何かを。まとわりつく形而上《けいじじょう》的な限定を脱ぎ捨てて、何にもとらわれないものを。そのために、自分の作り出す製品によって世界を変えられるのだと自分にも周囲にも言い聞かせ、誰よりも努力してきた。最高の名にふさわしい製品がやっと完成したのだ。ホメオスタシスの元に人々をつなぐことで、そこにはもはや個はなく、場所もなく、時間さえなくなるかもしれない。氏が夢見ているそれは、後に「ほとんど肉の海だ」と非難を浴びもするのだが、この時の氏はもちろん何も知らない。

「だが最高製品につながった群衆、その塊をどうあつかっていいかわからず、君は途方に暮れるはずだ」フレデリック・カーソン氏は友人が目を背けようとしたものを凝視し、ひどく真剣な顔で続ける。「確かにその内部にいる者たちは、君の望み通り唯々《いい》諾々とつながり続けるのかもしれない。だが、このまま推し進めていけば、君だけがそこから除外されることになるよ。繊細な君には不釣り合いなその支配欲のためにね。今のところそのつもりはないが、私だって最後には取り込まれてしまうことになるんだろう。つまり君は一人だけ残ってしまうわけだね。一人だけ取り残されて、最後の決断を迫られることになる。それが君の望みのような言いぶりだが、それは嘘《うそ》だね。君はそれを最も恐れているんだよ。恐れすぎるあまり、君はそれを実現しようとしてしまったんだ。傍から見て不自然でおかしなことだが、君にはそういう傾向があるよ」

フレデリック・カーソン氏の言う状況が、スタンリー・ワーカー氏の脳裏にはっきりと浮かぶ。音のない震動を感じる。

「だからさ」フレデリック・カーソン氏は、アッバス・アルカン氏が教典の記述からイメージするのにそっくりな悪魔の笑みを浮かべている。「だったらさ、私が代わってあげようか？　君がやろうとしていたことを、私が代わりにやってあげようか？もしよければ。もしこれ以上君が耐えられないのであれば。だって君は言っていたじゃないか、つまるところ、人間は一人だけでいいんだろ？　同じ能力か、それ以下の人間は、存在する必要がないんだろ？」

フレデリック・カーソン氏はまじろぎもせず、スタンリー・ワーカー氏を見つめる。ここで目を逸《そ》らすことができたなら、そうするだけの余裕や不誠実さがスタンリー・ワーカー氏にあったなら、別の結果もあり得たはずだ。

私は、哀れみのようなものを覚える。なぜなら、この時傍らにいる人間がフレデリック・カーソン氏でなければ、スタンリー・ワーカー氏が自殺することはないはずなのだから。事ここに至る前に、スタンリー・ワーカー氏の野望は、現実の壁にぶつかって、もう少し緩やかに潰《つい》えるべきだったのだ。

Title 〈Conclusion 2020〉
From 〈Yozoh.Uchigami〉　2019/7/24
To 〈Dr.Frederick.Carson〉

さて、フレデリック・カーソン氏と初めて言葉を交わしたのは２０１８年のパーティーでのことで、それは前回までのメールにおおよそ書いてしまったから、しばらく間を置いてみた。私たちが再会するのは来年、そして「最後の会話」はそれよりもずっと後のことだから焦《あせ》ってもしょうがない。

ところで、前回のメールを送ってからほぼ5年が経過している。フレデリック・カーソン氏が記憶を保有すると決めた期間とちょうど同じくらいだ。確かにこの程度の時間だったら、最強であり続けることはそう難しくないのかもしれない。あなたへのメールを控えることだってそんなに難しくはなかった。

スタンリー・ワーカー氏の身に起きたように、フレデリック・カーソン氏のような人間が、相手の心理に積極的に働きかけて精神的に追いつめてしまうことはままある。しかしこのタイプの手法を好んで使う人間は、フレデリック・カーソン氏は気にしないかもしれないが、徐々に人望を失っていく傾向にあり、例えば会社組織の中では出世が早かったりもするのだがそれもいつか頭打ちになる。私の知る限り、日本の会社だと部長止まりで本部長や役員にはなれないことが多い。その意味で、レイモンド・チャンドラーのあまりに有名な一節「強くなければ生きていけない。優しくなければ生きている資格がない」は的を射ている。

そもそも、フレデリック・カーソン氏自身も最強人間になることなど求めていなかったのだ。神童から長じてそのまま気鋭の若手学者、果ては権威として重んじられるようになった氏はただ、自分の個性を伸ばしていくことが人生を進める指針として適当と思っていたに過ぎない。ギリシア・ローマ文化に根ざしキリスト教的価値観が発掘した個人主義は、その理想や信仰自体を食い破り、時代によってモットーを変えながら先進国のトレンドとして居座り続けている。

だが、あらゆる人間が個性を発揮しようとするのが本当によきことと言えるのだろうか？　これは若かりし日のフレデリック・カーソン氏の心の内で頭をもたげた疑問である。結局のところ個性と呼ばれるものも絶対的に存在するわけではない。背が高いか低いか、IQが高いか低いか、筋力が強いか弱いか。それらは相対的に割り出されるものだ。それぞれが個性を発揮して行った結果、そこに現れるのは「厳密なランキング」だけなのではないか。

他者が、特にそれなりに優秀な人間が強い感情に支配されて行動するのをみると、フレデリック・カーソン氏はなぜかとても興奮した。氏は自分の社会的地位を利用し、興味の赴くまま、目に留まった優秀な人間に関わることに多くの時間を割くようになった。彼らがなぜ生きているのか、その原動力に氏は異常に関心があったのだ。あくまでその力に沿う形で後押ししていった結果、対象者自身さえ気づいていなかった可能性の限界にまで追い込むことが出来るとしたら、むしろそれは本人のためにもなるのではないか。もしそれがよきことでないのなら、どこかの段階で立ち塞《ふさ》がる者が現れるだろう。

スタンリー・ワーカー氏の死後ずいぶん経《た》ってからフレデリック・カーソン氏が自称するようになる「最強人間」という呼称は、実は自虐《じぎゃく》的なジョークのつもりだった。だが、立ちはだかろうとした人間をことごとく下し名実ともに最強となってしまった後は、氏の最強性を冷やかすことは誰にとってもはばかられ、また実際に揶揄《やゆ》する人間のほとんどが「よきこと」についての浅慮を咎め立てされて最高製品の外での身の置き所を失うことになった。そのようなディストピア的な時代と比べると、今はまだ十分牧歌的と言える。

最強人間がいる世界では、私が診ている患者の皆があっけなく「よきこと」に従うのは確実だろう。今まさに私の目の前にいる患者にしてもそうだ。三十代中盤のその患者は、都民のみならず日本国民全体のために首都東京を盛り上げたいと願う愛すべき都職員であり、ここ数年は文化振興の助成金の支給対象を審査する担当者として、限りある予算の配分を適正に行ってきた。補助金を与えるはずのその仕事は、いかに与えないか、ということがむしろ要点だったりもする。性分に反した嫌われ役に、彼は疲れ果てていた。

そんな中、東京オリンピック・パラリンピック準備室に抜擢《ばってき》され、心機一転して新たな職務に臨んだのだが、彼と同時にその部署に転属になった新しい上司がまたフレデリック・カーソン氏もどきの嫌な男なのだ。私の患者はその上司から受ける心理的圧迫のため、自由にものを考えることができなくなっている。人心掌握術に長《た》け、相手の逃げ場を論理的に塞ぐくらいの能はあるその上司は、就任早々から部下達に四六時中の報告をさせ、最も愚鈍に見えた私の患者を序列の最下位に置いた。確かに彼は効率の良い思考をするタイプではなかった。脇道《わきみち》にそれつつもより広範な影響を考えようとするところが彼の持ち味であるのだが、上司はそれがまるごと無駄であると断じた。困り果てて上司の指示を仰いでも、自分で考えろよもういい歳《とし》なんだから、と返される。やがて彼はあらゆる案件の遅滞や頓挫《とんざ》が自分のせいであると思うようになる。上司はそのように彼を追い込むことを、個人的な嗜虐《しぎゃく》性を満たすためのみならず、組織のマネジメントの一環として正当化していた。結果、その都職員は家族の懇願によって私のもとに通い始めた頃には次のように考えるようになっていた。

「来年の東京オリンピックにおいて、日本代表のメダル獲得数が前回の東京オリンピックより少なくなったとすれば、それは自分の責任だ」

常識では考えられないことであるが、彼の中では自らの行動とメダル獲得数が確固とした因果で結びついている。その因果関係を吹き込んだのは上司なのだが、電流の流れるリンクに放されたマウスのように、彼は既に上司の思考の枠から抜け出せなくなっている。

気をつけるべきは阿諛追従する者。精神科医なんてものはその最たる例だ。お前が思うこと、望むことを言って付け入る隙《すき》を狙《ねら》っているんだぞ。病気などという甘えに打ち勝てるかどうかを確かめるために、お前は病院に行くのではなかったか。もはや彼の頭の中では上司が言いそうなことが勝手に響き、それに従うようになっていた。しかしこの都職員の面白いところは、内なる上司の声に従うように見せかけながら、実際にはちゃっかりと救いの手を求めていることだ。つまり、精神医療に懐疑的だが周囲の勧めでやむなく病院に来てみましたという態をとりつつ、自分の状態が過労ではなく上司が原因の職場鬱《うつ》であることを証明したがっている。回りくどい思考であり、困った患者であるが、憎めないなと思わせるところでもある。そう、告白すると私は困った患者が嫌いではないのだ。

困った患者の代表格である長谷川保氏は、躁《そう》と鬱を繰り返していることを秘書にさえ気取《けど》らせずに仕事を進めている。支援者からの陳情を聞き、しかるべきところに電話をかけ、厄介そうな相手には官僚を呼んで陳情が聞き入れられないことの言い訳をさせ、所属する協議会や委員会を取り仕切る。その一つ一つは堅実ながら慎ましい成果だが、政治家はそれらによってできあがってくる背景で力量を見られるのだ。なんとなく実行力のありそうな感じ、一応意見だけは聞いておいた方が良いだろうと思わせるひとかど感。2期目の当選を余裕で果たしている氏は、稀《まれ》に見る活発な動きをしていた。

オリンピックに話題が集中する陰で地味に通された法案や予算の中でも特に目立たない形で、それ以後の人類の行く末を左右するODA予算を滑り込ませるのも長谷川保氏なのだが、その件でまさに今、氏はEmosynk社の代表者と代々木のフレンチレストランで密談をしている。スタンリー・ワーカー氏の死後に名実ともにEmosynk社の代表となったフレデリック・カーソン氏から、同社の提案する人道援助へ資金の拠出を打診されたからだ。フレデリック・カーソン氏は最高製品を導入したシェルターをアフリカの飢餓率の高い地域に建設する意義について、人類平和のためというバイアスをかけた上で説明している。

「議員、あなたはあのパーティーでコストパフォーマンスについて言及されましたが、私もそれは同感です。つまり、私どもの製品はコストパフォーマンスが著しく悪化した際の調整に一役買うわけですな」

「コストパフォーマンス？」長谷川保氏は繰り返す。また俺は無意識に、それについて言っていたのか。「失礼。何についての話でしたっけ？」

「人類についてですよ」

「人類？」

「そう、人類のコストパフォーマンスです。あなたのお説ですよ？　人類史を見る限り、いくつか明らかに目指してきたことがある。生息範囲を拡張する、人口を増やす。そして近代以降に発展した民主政治は、万人の平等を理想としてきたはずだ。議員、あなたがおっしゃったことですよ」

　確かにそれは長谷川保氏が普段から考えていることだった。このまま全個人が平等に向かったら、人類の繁栄と共存のために払うべきコストを社会や環境がまかなえなくなると、氏は憂慮している。だから誰かがコストパフォーマンスを向上させ、継続性を保たなければならない。「しかし政治が民衆に与えるものは幸福でなければなりません。それは遠い外国の人々に対しても同じです」

「幸福ですよ。それは幸福そのもの。最高製品が皆さんに与える夢は幸福以外にはあり得ない」

長谷川保氏は時々疑義をただしつつ、フレデリック・カーソン氏の言葉に耳を傾けている。しかし実は、氏は人の話が頭に入らない状態だった。抗鬱剤が切れたからだ。氏はトイレに立ち、中程度の効き目を持つ薬を水も用いずに嚥下《えんか》する。私は使い分けをしたいという氏の要望に応じ、様々な強さの薬を処方している。その意味で、私は守りの治療に徹していたということになるだろう。

しかし長谷川保氏は処方よりも頻繁に薬を飲んでいる。たまたま近くを歩いていた私は、ちょっと気になったので、両氏の会食が行われているレストランに入ってみた。テーブルに通されてから急いでトイレに行ってみると、まだ長谷川保氏はそこにいてハンカチで口元をぬぐっている。胸ポケットにしまったピルケースに再び手を伸ばしかけたところで、長谷川さん、と私から声をかけられて氏は声のした方を見る。少し警戒した顔。薬の効き始めで氏の意識はぼやけていたが、自分の担当医であることに気づき小さくうなずく。偶然会った知り合い同士の定型的なやりとりの後、私は話のネタを探し、新聞に載っていた先週のコラム僭越《せんえつ》ながらとても良かったですよ、と言ってみた。ありがとうございます、と長谷川保氏は言う。職業的な習慣から握手しようと私に手を差し伸べてくるが、ここがトイレであることを思い出し、氏は手を引っ込める。そして苦笑い。席に戻りながら、氏は私に褒められたコラムを思い出している。人間の目指すべき幸福について書いたが、寄稿した本旨は政治家としての立場の表明と正当化にあった。「私も含めて、先進国に住む我々には責任があることを忘れてはいけません。誤解を怖《おそ》れずに言えば、我々には『幸福』を追求する『責任』がある。権利ではありません、我々にはその義務があるのです。そして幸福は、個人の願望とは全く違うものです」

氏はつまり、最終結論のことを言っている。万人が同意せざるを得ない、全《すべ》てを飲み込む指針作り。突き詰めればそれしかなくなる意義の固定。人類が出すべき結論。個性の多様さを尊ぶことを知ってから長い時を経て、敏感な人間は既に気づき始めている。ばらばらの意識を持ち、思い思いの幸福を追求してきたようで、実は人類が最終結論へと向かっていることを。長谷川保氏が急進的な手段に手を貸す選択をしたのは、政治家としての領分を超えた行いであったかもしれない。この時にフレデリック・カーソン氏に説得された長谷川保氏が、現実の世界に最高製品が導入される端緒を作ることになる。

しかし、物事の本当の始まりを定めるのはみかけほど単純ではない。この会食を最終結論に至るきっかけとすることも可能だが、ここで長谷川保氏の説得に失敗したとしてもフレデリック・カーソン氏は別の手段を用いただろう。ならば、スタンリー・ワーカー氏とフレデリック・カーソン氏が友達になった時を始まりとすることもできるし、フレデリック・カーソン氏がEmosynk社に名前を貸した時にしてもいい。それにスタンリー・ワーカー氏が自殺した数日後に最高製品のプロトタイプが社長室に届いたとき、フレデリック・カーソン氏は最高製品が本当に製作されていたことに驚いたのだから、その時こそが本当の意味で始まりと言うべきなのかもしれない。つまり、ことの発端はどこでもあり得るのだ。

仮に産業革命にそれを設定することもできる。蒸気機関の発明で、人類はかつてない効率的で自律的な動力を手に入れた。ある方向性が浮上すると、それを突き詰めようと切磋《せっさ》琢磨《たくま》するのが人類である。大きな発見の後には小さな発見が連続してなされ、穴がどんどん埋まっていく。そんなに急いで結論に至ってどうするのかと私などは思うのだが、おそらくそのようなまめまめしさは人類の単なる性分であって確たるヴィジョンなどないのだ。

動力が自動化されると、物理的な力の価値が減じる。そして今度は、動力を発生させる装置をいかに効率よく使うかという点に価値が置かれる。つまり事務処理能力が

も て 囃《はや》されるようになる。ホワイトカラーと呼ばれる種の仕事。さらに時代が進み、PCが登場しインターネットが普及して多くの処理が自動化されると、単なる処理能力は軽視されるようになる。その傾向はますます加速し、社会人を評価する上では、企画力や統率力、独創性が高等とされる。しかしそれらの技能も解析されノウハウ化されつつあり、あらゆる事象の最適解が流通するようになると、やがてある個人の価値を判定する際に、「いかに誰にも共感され得ないか」ということが一つの尺度になる。つまり、いずれ通念となる定理や法則も元は誰もが理解に苦しむ事実であったはずで、理知的に過ぎる人類は不可解な事柄を指し示す変わり者の心理状態を個別に評価するようになるのだ。それは長い歴史が培《つちか》った習性のようなもので、何かに希望を見出《みいだ》すことを人類はいつまでもやめられない。ほとんどの最適解は既に出ているのだから、思い込みが真実を導き出すかどうかは二の次で、問われるのはその強度だ。共感されなければされないほど、思い込みが強ければ強いほど、その人物は興味深いということになる。

最強人間となったフレデリック・カーソン氏の前に立ちはだかろうとする者の多くが、やはりそのような「共感のされなさ」を濃く有するカリスマ達だった。フレデリック・カーソン氏は、そんな彼らの曲折した人間性に対しても軽薄に同感してみせ、一様に最高製品を拒絶する彼ら全員と、飽くなき禅問答を繰り広げようとする。最高製品の普及を「人類の母性の否定」であるとし、最高製品につながる女性を解放しようとした武装テロ組織が現れた時も、フレデリック・カーソン氏は動乱そのものに興味を覚え、その核にあるものを読み取ろうとした。テロリストたちは一部の女性たちを最高製品から強制的に外して拉致《らち》し、共同生活を営ませ、自然のままのやり方での生殖を強要した。テロリストたちの思考回路では、個人の意志よりも、自然の摂理の方が優先されるべきものだったのだ。それはテロ組織の長の独断に従った思想であって、それまで培われてきたよきことに反するものではあったが、長の求心力は強く組織の結束は固かった。

フレデリック・カーソン氏は長と接触し、特別に用意した部屋で対話をはじめる。性別も年齢も曖昧《あいまい》になってしまった世の中で、今更「母性」にこだわろうとする思い込みの根底には、やはり最高製品への強い拒絶があった。

「肉の海になってはいけない。いや、そもそもあんなものは『肉』でも『海』でもない」そう提唱する組織の長は、最高製品に繫《つな》がった人々はもはや肉ですらなく、無機的な燃料みたいなものであると主張する。本来の主従が逆転し、そこで担保される人間性など、効率的に肉の海へと人々を繫げ維持するための、いわば燃費向上のための方便に過ぎない。

しかし、真っ向からよきことに立ち向かうそのような思い込みにさえ、フレデリック・カーソン氏はあっさりと同調してみせ、「わかりました」とその灰色の目を細めながら言うのだ。

「では、今後はあなたが認めるまでどの女性も最高製品には繋がれないよう、決裁フローを作りなおすことにしましょうか？　それであなたの思う配分で許可してもいいし、そもそも許可しなくてもいい。すべて、あなたの好きにすればいい。それでいいね？　ミセス？」

長の女は満足げにうなずき、フレデリック・カーソン氏の提案を受け入れる。彼女の率いるテロ組織はそのまま女性専門の審査機関となり、極めて良く機能した。最高製品への接続を望む女性達からの猛抗議で当初こそ大混乱が起こったが、やがてそれも治まり、限りなくゼロに近づいていた出生率もわずかに上昇を始める。だが時が経つにつれ、テロリストたちのほとんどは自然死を遂げていき、中には拒絶を撤回し肉の海に沈む者も出た。この運動によって産まれた子供たちは、グループの思想に染まるよう手塩にかけて育てられたにもかかわらず、大多数が肉の海に繋がることを選択する。長の女は失意とも諦観《ていかん》ともつかない境地に永い間耐え、自らの子孫が一人残らず居なくなるのを見届けてから、最高製品の外側で自ら命を断った。

産業革命が余力を生み、人間に対しての評価軸を含める価値観が変遷《へんせん》していった結果、価値があるとされていたものが霧散する。強い思い込みもいつかほぐれてしまい、後には驚きのない反応と繰り返しの時のみが残る。程度はともかく各々《おのおの》独自性を持つ人間が、その全てを肯定された後、どれだけ時の経過に耐えられるのか。50年以上軽々と耐える者も、10年と保《も》たない者もいたが、自身の耐久力にもリスクがあると考えたフレデリック・カーソン氏の場合は、自分の記憶を定期的に消すことにした上、その保有期間をたった5年と定める。さすがに最強人間である、思わずそう言いたくなる胆力と手際《てぎわ》だ。21世紀に入って20年足らずの間に、自分に近しい友人を自殺に追いやり、3回結婚したが毎度妻に逃げられた男。

最強人間、フレデリック・カーソン氏。

悪魔：調和を壊すもの。象徴界への太い回路をもちながら、それを現実界におろす際に故意にねじまげることを楽しみとする。聞こえのいい不協和音。誤用を隠す接続詞。うろんな定義に基づいた証明。偽りの最終結論。

偽りのシンパシー？　仮住まいへ手引きする者？　短小な楽曲。誤解へ導く注記。

パラドクス系関数。最終結論？

Title〈Conclusion 2020〉

From〈Yozoh.Uchigami〉 2020/7/22

To〈Dr.Frederick.Carson〉

東京オリンピックの会期中、私は仕事の合間に中継をよく覧《み》たものだった。入院患者たちはずっとテレビに釘付《くぎづ》けで、スタッフたちもテレビの点《つ》いた部屋やロビーにさしかかると思わずそちらを見やり、時に立ち止まりもした。点滴を調整しながら、病室を回診中に、あるいは食事をとりながら。4年に一度の夏季オリンピックは、ある程度歳を重ねた人間にとっては慣れたもののはずだが、病院からわずか2キロの場所で人類一足の速い男や、人類一馬をうまく操る女、人類一水中を速く移動する男を決めているという事態に、えもいわれぬ興奮が陽炎《かげろう》のように東京全体に揺らめいていた。

猫杓亭メバチが司会者として出演する東京オリンピック特番で、赤井里奈さんはディレクター人生最高の視聴率を叩《たた》き出す。日本のテレビ界においてお笑い芸人の地位は一頃よりも低下してはいたが、猫杓亭メバチのクラスであればまだそれなりの扱いを受けている。オリンピック選手に対し、憧憬《しょうけい》と嫉妬《しっと》がない交ぜになった感情を抱く猫杓亭メバチは、放送作家の用意した各選手にまつわるこぼれ話を読んでいき、エピソードのどこを膨らませるかシミュレーションする。それは彼なりのウォーミングアップであり、本番は事前に想定した通りに話を展開するわけではなく、仮に同じ流れになったとしてもあくまで偶然に過ぎない。いつだって瞬時に場の力学を感じ取り、ポピュラーなメバチ番組に仕立て上げる。彼にとって、番組中に筋書きのない話芸を披露することは競技そのものなのだ。

「まもなく開会式が始まります。こちらの男性はイスタンブールからいらっしゃったそうですよ。ミスター、東京オリンピックはいかがですか？」

スタジアムの満員の客席を背景に、マイクを向けられたアッバス・アルカン氏はじっとカメラを見つめる。これは、明後日に放送される生放送の一場面だ。この映像を私は代々木のスポーツバーで見ることになる。ディスプレイ越しのアッバス・アルカン氏は少しのたじろぎも見せない。

「大勢がここに来ていますね。私が探している人物も来ているはずなのですが」

画面がスタジオに切り替わる。猫杓亭メバチはアッバス・アルカン氏が「待ち伏せ」ではなく「待ち合わせ」をしていると誤解し、「ハチ公前」や「アルタ前」を引き合いに出し笑いを取ろうかと考えるが、わずかに間が空きすぎたと感じ発言を控える。代わりに、番組アシスタントが「うまく会えればいいですね」とコメントし、小さな笑いが起こる。

もちろん、アッバス・アルカン氏にしたところで、オリンピックスタジアムが人を待ち受けるのに適さないことくらい知っている。だが氏には氏なりの事情があり、これは笑い事ではないのだ。その事情を知っていたなら、猫杓亭メバチもここで笑いを取りに行こうとは考えなかったかもしれない。でもまあ、しょうがない。猫杓亭メバチとアッバス・アルカン氏との人生が接したのはこの瞬間だけのことで、彼が氏に対して詳しくなかったとしても、特に問題はない。

だが、結局またもこの1年間、私からのメールに気づくことのなかったフレデリック・カーソン氏の場合はどうだろう。大問題ではないか？　とても深く関わることになるアッバス・アルカン氏について、フレデリック・カーソン氏はもっとよく知るべきではなかったか？　少なくともいかにアッバス・アルカン氏について知っていないのか、氏は実感すべきだと思う。

例えば出身地。アッバス・アルカン氏はトルコ、アナトリア半島の南東部シリア国境付近のマルディン県出身だ。2006年あたりから密《ひそ》やかに進められた開発であっという間に都会化した新市街と観光都市化を目論《もくろ》む旧市街を横目に、気位高く生きてきた氏の父親は、息子に現代トルコ的エリートの道を望んだ。「アルカン家の男はゆくゆくはマルディンを引っ張っていく気概を持て」「コミュニティーでの調和は必要だが、アッラーの教えを忘れるのは愚かである」「目先のものに惑わされぬよう、勉学と礼拝の内に悦《よろこ》びを見出せ」これは、幼年時代から氏が父親に言われ続けたことだ。父親の言葉を真に受けた氏は、故郷の村どころか人類全体をひっぱっていくべきだと の決意に至った。氏は地元のムスリムから尊敬されていたウラマーや、シリア正教会の神父に熱心に教えを乞《こ》うたが、どの聖職者たちも氏を頑《かたく》なな若者とみなし、信仰の先にあると氏の信じる議論に付き合おうとはしなかった。

実のところ、アッバス・アルカン氏の父親が意図していたのは、うまく立ち回って政府の仕事に就くなり、人に誇れるような近代的な資格を取るなりした暁には故郷に戻り、しっかりした生活基盤を築け、というどの国の親でも同じく子に望むいじましい成功に過ぎなかった。しかし、アッバス・アルカン氏は根本的に父親とは別種の人間であり、良くも悪くも俗物である父親にはそれが理解できなかった。

アッバス・アルカン氏は、氏の教典において、悪魔についての項を何度も書き直している。それはなかなか結論づけることができない言葉の一つだった。他にも、「時間」、「金」、「家族」、「欲望」について等、書き直しが必要な項はいくつもあったが、フレデリック・カーソン氏に会いに行く直前まで氏が取り組んでいたのは「悪魔」と「時間」だった。氏はフレデリック・カーソン氏の著書を熟読し、そこから悪魔性を読み取っていく。邪悪な本たちは、一文一文の言葉の力が非常に強く、アッバス・アルカン氏の教典を凌《しの》ぐ拘束力を持つ箇所すらあった。フレデリック・カーソン氏の支配欲には自分以外の人間存在を認めない狭量《きょうりょう》さが確かに含まれていることに、氏は気づいていた。

イスタンブールを発《た》つ最後の日、アッバス・アルカン氏は「時間」についてそぞろに考えながら街を散策した。十代の終わりに故郷を離れてから経過した16年の時間。取り返しがつかないものの代表的な事象。時間。イスタンブールに出てきて最初の数年間住んだアジア側の岸を眺めながら、氏は海峡連絡船に揺られている。カドゥキョイの桟橋に着いて、新しい乗客達の前の大戸が開いても、氏は降りずに再びヨーロッパ側へ向かう船に乗り続けた。余分に買っておいた乗船用コイン《ジェトン》を指先で弄《もてあそ》びながら、沈みゆく太陽に目を細める。二つの亜大陸が向かい合うボスフォラス海峡の真ん中で、船べりを群れ飛ぶカモメに邪魔される視界の先には、ヨーロッパ側新市街に林立するオフィスビル群が霞《かす》んでいる。氏が働いていたシステム開発会社があった場所だが、海上からではなぜかとても遠く感じられる。近づきゆく旧市街側には、アヤソフィアの丸い屋根が見えた。東ローマ時代にカテドラルであったものが、オスマン帝国に制圧された後に壁を塗り固められジャーミィとなり、今では博物館となった壮麗な建築物。アラビア文字の円盤が浮かび、ところどころ剝《は》がれた漆喰の合間からモザイクでできたキリストの肖像が顔を出す。アジアでもヨーロッパでもあり、と同時にそのどちらでもないこの場所で、ゆっくりと振り子の揺れが収まるように、元の状態に戻りつつあるのだ、とアッバス・アルカン氏は考える。

東京に発つべき時間が、刻々と近づいている。

Title 〈Conclusion 2020〉

From 〈Yozoh.Uchigami〉 2020/7/23

To 〈Dr.Frederick.Carson〉

アッバス・アルカン氏は結局一度も実家には戻らなかった。優秀で心優しい弟が若死にしたことで父親はほとんど発狂しかかったと人づてに聞いたが、自分の存在はその慰めにはならず、むしろ父親の神経を逆撫《さかな》でするだけであることを理解していたからだ。

　成田空港は何から何までシステマティックに稼働していて、ほとんど何のストレスもないまま手荷物の受け取りまで済んでしまった。搭乗時間ぎりぎりまで出発ゲートも決まらないアタチュルク空港との違いに、アッバス・アルカン氏はなぜか胸騒ぎを覚える。事前にWEBで予約しておいた京成スカイライナーに乗って、宿泊する日暮《にっぽ》里《り》へと向かう。出発も到着も1分たりとも狂いなく時刻表通りだったことに、氏はまたもや不穏なものを感じる。改札口を出て、高架橋の下に何本ものレールが平行して走る光景に、氏は足を止めた。足下を銀色の車両がひっきりなしに行き交うのを眺めながら、この都市は精巧な機械のようだ、と氏は無意識の内に呟いた。効率化を宿命づけられた、巨大な機械のような、その内部で暮らす人々は、そのための燃料なのか、あるいはそれに守られているのか。その行き着く先がわかりそうに思った氏は、道の上でキャリーケースを開き、教典を取り出して「機械、人の集積、融合」と記した。それらの言葉を何度も口の中で呟きながらふと顔を上げると、反対側の駅舎と墓地の合間から禍々《まがまが》しいまでに巨大な塔が輪郭を霞ませて立っているのが見え、なぜかそれ以上言葉が出てこなくなった。

ホテルにチェックインすると氏は、再び教典を取り出して机の上で開いた。何度も書き直したため冊子はところどころ破れていたが、氏は構わずに文章が作り出す世界に没入しようとする。文字を追う内、熱で融解するように時間の感覚がとけていく。氏は、自分がここにこうしてあり、そのように感受する一瞬に至るまでの時間の経過を思い、その一瞬がすぐに過去となり、ずっと先へと押しやっていく抗《あらが》いようのない力のことを思った。時間。時間。時間。今のところ操作のしようのないものの一つ、と教典に新しく書き込んだ矢先に、窓からさっき駅で見たのと同じ塔が見えた。それは夜の空と街の間に淡く滲《にじ》むように光っている。唐突にフレデリック・カーソン氏のことが頭に浮かんだ。我々が押し流されて行く先に個人の意志をねじ込もうとする者。それは本当には一つの通過点に過ぎないのに、偽りの終末を作り出し、我々を行きどまりへ追い込む者。

この時点ではフレデリック・カーソン氏本人ですら自覚がないとはいえ、最強人間のいる将来を予見する手がかりは万人の前に散らばっていた。そのきっかけを誰よりも早くつかんだのがアッバス・アルカン氏であり、そのような視座の特異さが、父親をはじめとした人々から最後まで愛されることがなかった所以《ゆえん》なのだが、当人にとってそれはやはり些細《ささい》なことでしかない。この時、氏が問題視しているのは悪魔のことだけだった。

だが、問題のフレデリック・カーソン氏は、私との「最後の会話」の時点でアッバス・アルカン氏のことを覚えてすらいない。私たちは将棋の大勝負のようにじっくりと時間をかけ、時に長い沈黙を挟みながら「最後の会話」に臨むことになる。今からずっと先、横浜の大桟橋の突端にあるレストランでのことだ。

我々はフロア中央にある四つのテーブルのうち海に一番近い席に座っていた。三方が全面ガラス張りで、夜の海に浮かんでいるようだった。フレデリック・カーソン氏はカクテルに飽きると、文字通り最後だからと言って店で一番高いワインを頼んだ。

我々は酔いに任せて最後に語るべきことを語りあった。とても重要なことについてだ。例えば愛について、美について、悪について、時間について。あらゆる言語による解釈を持ち出して、各言語における微妙な差異におかしみを感じたりしながら、ゆるやかに、たっぷりと時間をかけて。時折、氏はとても紳士的な表情で、「もう十分話したかな？」と私に確認してくることがあった。

私は首を横に振る。「いえ、まだ十分ではありません」

「そうか。じゃあ、続けよう。しかし君はなかなかに粘り強いね。私の古い友人ならもうとっくに諦《あきら》めているところだよ」

この時氏の念頭にあったのは、というよりも氏が記憶に留めていた男性は、スタンリー・ワーカー氏ただ一人だった。あとの全員は、男性一般としてまとめられている。フレデリック・カーソン氏は私とその背後の海を眺めつつ、スタンリー・ワーカー氏との交友を思い出している。私との「最後の会話」ほどではないが、人類史上においてそこそこ重要な会話がこの二人の間でなされてきたことは間違いないだろう。

話の端緒はFacebookについてだった。Knopute社の第二繁栄期と時を同じくして急速に勢力を増したベンチャー企業。人間同士のコミュニケーションをヴィジュアライズすることを徹底的に考えつくして実装することで、後発でありながら覇権をとるにいたったSNSについて、スタンリー・ワーカー氏は、その分野においてさえ自分が最終的には勝利するだろうと友人に語ったのだった。「そのために既に新たな会社を設立して秘密裏に準備を進めているのだし、今日は君の名前をその代表として借りられないか頼みに来たんだ」

「もちろんかまわないよ」フレデリック・カーソン氏は安請け合いする。「それにしても君の深謀遠慮には毎度のことながら驚かされるね、今はFacebook社を泳がせているのだと君は言うんだね、それは一体全体どういう状況だろう？」

「社長である君には追い追い話をしなければならないね」

スタンリー・ワーカー氏は、Facebook社が確かにある方面において、その発展可能性を含むすべてを掌握したと考えていた。ネットワークを使って他者と意思疎通《そつう》を図る方法として実名制を敷き、発言や行動を簡便に表示できることで、利用者の自己表現力を最大効率で引き出そうとしている。自他の個性を系統的に把握させるメソッドにはさらなる磨きがかかるだろう。だが、サービスの使い手である個人にとっては、自ら行った発言の集積によって浮かび上がってくるキャラクターが影のように付きまとう事態が既に起きている。例えば、一度インターネット上でした発言を消したいと思い、しかし消しては具合が悪いと思い悩む。自分の個性を丹念に表現しようと時間を費やすほどに、出来上がった似姿を通じて他者から誤解されることが気にかかる。スタンリー・ワーカー氏に言わせれば、これはそもそものアプローチが間違っているのだ。言うまでもなく高度な情報伝達力のあるネットワークを使って、人間同士が意思の疎通を図るためのサービスなのだから、一人の人間の中でさえ分裂し矛盾する実体を映し出すものでなければならない。そしてそれらの交流で得られたものを、今度は実体に還元しなければならない。つまり、Facebookの普及の秘訣《ひけつ》は生まれついた個を前提としたつながりの再現力にあるわけで、限界もやはりそこに起因する。スタンリー・ワーカー氏の企図する最高製品はもとよりその限界をクリアした規格である。個人Ａの持つある要素を別の個人Ｂ以下も有していたならば、それは最高製品によってその要素を特質とする個としてシミュレートされる。つまり、大まかな要素を組み合わせたものを一人の人間の個性とするのではなく、何万何億の人々の各要素を細分化し、それら全てを重なりのない個として整理するのだ。単純化して言えば、優しさ、苛烈《かれつ》さなどの人間的な要素が、生体としての枠を越えて純化された個として存在することになる。まずはＣＰＵ上で共有されるその夢が、最後にどのような結果を導くのか？　新世界のスタート時点で、個の数量は一旦《いったん》劇的に減るだろう。しかしその後は尖鋭《せんえい》化された個と個が互いに影響し合い、または掛け合わさることで、飽和し凝固し始めていた旧世界に突破口が開かれることもあるのではないか。

　スタンリー・ワーカー氏は亡《な》くなる数ヶ月前から、ビジネスを除く現実に対する注意が散漫になっていた。部屋の中をうろついては、ゴミ箱やデスクの角にぶつかりコーヒーをこぼす。氏は常に止《や》むことのない衝動を感じていた。外に出なければ、自分だけは、外に。その欲求に突き動かされて、氏は人生のほとんどの時間をかけて起業をし、会社を上場させ、それまでにない新たな製品を世に送り出してきたのだ。その結果人類がやり取りする情報量は飛躍的に増大し、コミュニケーションの速度が上がり、時代の進みは加速していった。だが進歩させるほどに逃げ場は塞がれていき、出口であると思っていたものが、憧憬を持ち続けられるかもしれないと思っていたものが、既存のものと同じだけ味気ない、何らの外部性も持たない、ただの現実の付属物にすぎないと思うに至る。

「出口はあるんじゃないかな」日本から帰国したばかりの悪魔はささやく。2年前の2018年7月末、スタンリー・ワーカー氏の部屋で絶妙な配分でつくったジン・トニックを飲みながら、フレデリック・カーソン氏はゆっくりと視線を巡らしている。これが、気が違った大富豪の部屋か、ととても冷静に考えながら。そして、これから自分が友人に向けて言おうとしていることの是非について考える。個人にとっての意義、歴史的な意義。どちらにフォーカスを当てるべきか氏は考えてみるが、それらの被《かぶ》さりに重きをおくべきというのが、友人として、お互いのコンセンサスだった。だから、是非はわからなくとも迷いは排除できる。

「スタンリー、確かに、前に君の言ったとおり、Facebook のアプローチではすべてのパスを把握することはできないだろう。むしろ、外堀を深めるだけなのかもしれないね。これも君の言ったとおり。そして人間はもっと孤独になることができる。より純度の高い孤独」

孤独？

「そう、自分のシェイプを正確に表現できたとしても、それを受け取る側がいなくなるということさ。だって、その作法でいくのであれば、他人もまた、自分のシェイプを克明に刻むことに時間を費やさなければならないから。受け取る側としての時間が圧倒的に足りなくなる。他者は自分のためにいるわけではないからね。Facebook的アプローチの限界はきっとそこにあると、私も思うね。いずれは皆が虚空《こくう》にでも向かって延々話し続けるようになるさ。それはそれで素敵な絵かもしれないけど、全員のそれを支えるだけのコストはどう考えてもまかなえないだろう。そのうち、より言い訳のきかない格差を生むことが目に見えている。だからさ」と、そこでフレデリック・カーソン氏は友人の目を覗《のぞ》き込む。「だから、君の作ろうとする最高製品のアプローチはとても正しいんだ」スタンリー・ワーカー氏は、友人の灰色の目を見つめながら以前豪語した内容を思い出している。Facebookの創業者は俺の立つ境地には全然至っていない、彼には物事の表面を見渡す力はあるが、表層を突き破った先に肉薄するところまでは、あれでは行けない。あるアメリカの女性作家は「時があるのはすべてのことが同時には起こらないために、個があるのはすべてのことが同じ人に起こらないように」と語ったが、それはまさに人間がもっとも畏《おそ》れ、それ故《ゆえ》無意識のうちに憧《あこが》れる境地でもある。Facebook の創業者はそんなことすら勘定に入れていないのではないか。

「覚えているかな？　君の好きな国の作家たちについても前に話をしてくれたよね」

フレデリック・カーソン氏は、再び、「出口」に話を持っていこうとしている。心神に働きかけるために相手の過去の記憶を利用するのは、私の仕事とやり方が似ている。自殺願望を売りにする作家が、しかし本当には望んでいなかったにもかかわらず、心中未遂を繰り返す内に死んでしまったうっかり自殺のこと。幾分滑稽《こっけい》なまでに絢爛《けんらん》な露出と自己イメージそのままに、国を憂《うれ》う態《てい》で自衛隊駐屯地で行った割腹自殺のこと。世界的に権威のある賞を受けながら、老境に好意を抱いた女中に去られたことがきっかけであるなど、様々な説が Wikipedia に書かれるに至った、消え入るような自殺のこと。そんな風に死んで行かれると、ばかばかしくてとても自殺なんてしてられないな。スタンリー・ワーカー氏は前の時と同じように笑い飛ばそうとするが、フレデリック・カーソン氏は表情を変えずに「出口」とだけ呟《つぶや》いた。

「出口」

復誦《ふくしょう》するように、スタンリー・ワーカー氏も呟く。

「ねえ、君は十分頑張ってきたよ。でも、出口なんてなかったろう？　これから先もきっと変わらないんだよ。最高製品が作る未来だって、頭の良い君ならもう想像できているんだろう？　君がそれに耐えられるのかな、スタンリー。私は少し心許《こころもと》なく思うよ。そんな意志薄弱な人間が最後の人間になって良いんだろうか？　君には耐えられないよ。君にはふさわしくないんだよ。たかだかこの程度の成功で、精神がふらつく君にはね。あらゆる生命はいつか物質へと帰る。最後の人間はそれを見届けなければならない。少なくともそれを観察する気概がなければならない。君にはできないよ。そうだろう？　とても君にはできない。いつまでも、出口を探し続ける君にはね」

出口、と再びスタンリー・ワーカー氏は呟こうとするが、乾いた喉《のど》がそれを邪魔する。

フレデリック・カーソン氏は優しく笑っている。

Title〈Conclusion 2020〉

From〈Yozoh.Uchigami〉　2020/7/24

To 〈Dr. Frederick. Carson〉

そんなことを何度も飽きもせずに繰り返す人間は、確かに最強の名にふさわしいと言えるかもしれない。他人の関心事を突き詰めることで、その先に何もないと見せつけて面白がる、下世話な感性。アッバス・アルカン氏に言わせれば、悪魔、ということになる。

「ほとんど、鬼のようです」

ここ日本においては、「悪魔」という言葉よりも、「鬼」の方が使われる頻度は高いのだが、伝えようとするイメージには近いものがある。昨日、困った患者の一人である都職員が問診中に「鬼」と呼んだのは、彼のフレデリック・カーソン氏的上司のことだ。その上司から受けた理不尽な仕打ちについて話すとき、彼の目には普段よりも活力が宿る。休職することもなく、抑鬱《よくうつ》状態と平常心の境界をふらふらと飛行するように、彼はこの1年間を過ごしてきた。自覚はないが、今の病とも健康ともつかない灰色状態を彼は好んでいる。もともと気ばかり急《せ》いて効率的な仕事ができないきらいのある彼は、同僚たちの同情とそれ故の手加減が心地よくなってしまったのだ。

「もうすぐ結果が出るんで。これで、前回の東京オリンピックよりメダルが取れなかったら全部私のせいなんで」

前回の東京オリンピックを目安にするとは、なかなか目標が高い。金メダル16個、銀メダル5個、銅メダル8個で、総合ポイントは参加国中3位になった回なのだから、誰もそこまでの成果は期待していないはずだ。この都職員に強迫観念を植え付けた当の上司ですら、メダルが獲得できなければお前が悪い、とはもはや言わなくなっている。圧迫感を反芻《はんすう》し、増幅させてきたのは患者本人なのだ。

もちろん、メダルの獲得結果を教えてしまうのは最終結論である私にとっては簡単なことだ。だが私は知っているとこの時点で告げたところで、都職員が信じることもないだろう。この件でホスト時代の私の決め台詞《ぜりふ》、「それはもうしばらく内緒」を使う機会もないまま、東京オリンピックはいよいよ今夜開幕となる。そうして「今」が、どんどん事件の時点へと近づいていく。

私は先日の合コンで知り合った女性をデートに誘ってあった。都内に勤める安永更紗《やすながさら》さんという清らかな川の流れを思わせる名前の女性で、大江戸線の新宿駅出口で待ち合わせをして、タクシーを拾った。同じ頃オリンピックスタジアムでは、アッバス・アルカン氏が8万人以上の観客の中からフレデリック・カーソン氏を探し出そうとしている。WEB上に書き込まれたフレデリック・カーソン氏の有識者としての最近の活動と、教典を解釈してわかったその性質や行動原理を考え合わせた上で、悪魔はここにいるはずだとアッバス・アルカン氏は確信している。当のフレデリック・カーソン氏は開会式を観覧するため、2年前から続いている恋人とともに会場にいる。アッバス・アルカン氏が入場したのとは別のエリアで、女性の腰に手を回し、ほのかに漂う香水の匂《にお》いを嗅《か》ぎながら。

私は今、安永更紗さんとともにタクシーを降り、スタジアムのなるべく近場にこだわって探し当てたスポーツバーに入店しようとしている。アッバス・アルカン氏はテレビの現場レポートで声をかけられ、簡単なインタビューに答え終わると、我慢していた小便をしにトイレに立ち寄る。もしそれがあと5分早いタイミングであったなら、会場の通路空間でフレデリック・カーソン氏と居合わせることになっていたところだ。時間、時間、時間、とトルコ語で呟きながら、トイレのアッバス・アルカン氏は体内から出て行く液体が弧を描いて真っ白な陶器に吸い込まれていくのを眺める。勢いが徐々に衰えて、粒状になった尿が連なる様を見ながら、氏は考え続けている。自分がこれまで生きてきて、この先どれだけ生きるかはわからないが、少なくとも死ぬまでは味わい続けることになる時間の経過。それはこの尿のように、否応《いやおう》なく一方的に方向と力を与えられ、巻き戻ることなく流れ続け、自分の尿は当然尽きるが、隣の男が、いや隣でなくてもどこかの誰かが、男だろうが女だろうが関係なく、年齢も関係なく、生物の種すら関係なく、おそらくは一瞬たりとも途切れることなく、誰かがどこかで放出をしている。それが途切れるかもしれない可能性を思いつつ、それが続いていくことを思い、その危うさを思い、アッバス・アルカン氏はなぜか幸福な気持ちになった。やるべきことを改めて確信し、自分はそれに手を染めても良いのだと思った。氏は教典に向かうときのように、ただ反応の波そのものになって幸福感や高揚が募るに任せた。

アッバス・アルカン氏は満員の会場に戻り、再び鷹《たか》のような目で悪魔を探して観客席を見回す。しかし結論から言えば、アッバス・アルカン氏はここでフレデリック・カーソン氏を見つけることはできない。２０２０年のこの大会のために多額の費用をかけて建て換えられた新国立競技場はあまりに巨大で、人が多すぎた。だがもちろん、アッバス・アルカン氏は諦めない。フレデリック・カーソン氏について手に入る限りの情報を精査した氏は、悪魔が観戦動機を少しでも持っていそうな競技のチケットを当てずっぽうで、金に糸目をつけず全て購入していた。そしてこれから連日、機会を待つつもりでいる。

人類史的に見るのであれば、フレデリック・カーソン氏を殺そうとしたこの日のアッバス・アルカン氏の行動をこそ、正当防衛に準ずる行為として擁護したくなる。だが、当世の東京で、日本の刑法の厳しい要件を満たして氏の行為の違法性を阻却することはやはり難しいだろう。

Title〈Conclusion 2020〉
From〈Yozoh.Uchigami〉 2020/7/24
To〈Dr.Frederick.Carson〉

「よく覚えていないが私は正当防衛しかしてこなかったはずだがね」

東京オリンピックが終わってからずっと先のこと、横浜での「最後の会話」において、フレデリック・カーソン氏は正当防衛という言葉をよく遣った。あるいはそれに類する言い回しを。「よきこと」を阻害する要因であれば、それをやむなく排除することもまた「よきこと」なのではないか、云々《うんぬん》。

ガラス張りの店内から月明かりの揺れる海面を見やり、横浜の街が作り出す煌《きら》めきに目を細めながら、氏は友人の夢が招いた結論に思いを馳《は》せている。つまり、「肉の海」についてだ。フレデリック・カーソン氏は「最後の会話」に至るまでの人生の中で、死を含めた取り返しのつかないところへと多くの人間を送り込んできたが、文字通り直接手を下したのはアッバス・アルカン氏に対してだけだった。刺しどころが良かった／悪かったのだろう、アッバス・アルカン氏の胸の真ん中に、冗談みたいにナイフが滑り込む後味の悪い感触を、氏はある時点まではよく覚えていた。だが、最強性を保つために5年以上前の記憶を自動的に消すようになると、「よきこと」推進の目的意識形成のために残された「記憶の屋台骨」以外は、すべて忘れてしまうようになる。

東京オリンピック会場で起こった傷害致死事件は、フレデリック・カーソン氏と当局との利害が合致し、秘密裏に処理されることになった。ニュースに取り上げられることもなく、「最後の会話」の時点では当事者すら覚えていないため、その事実は不起訴記録として検察庁の書庫に収まるのみとなっている。哀れなアッバス・アルカン氏。正しいかどうかはひとまず置くとしても、氏の感知する世界の中では、フレデリック・カーソン氏を殺すしか人類を救う道はなかったというのに。そして結論から言えば、氏の直感は概《おおむ》ね当たっていたというのに。

もし、フレデリック・カーソン氏が私との「最後の会話」の時点まで事件の記憶を残していたならば、私が皮肉を込めてその事件に触れた際に「そうなんですか？」よりはもう少し手応《てごた》えのある返答をしたはずだった。例えば、「私は人類を材料としてある種の芸術家と同じことをしただけだよ」とか、「私に拮抗《きっこう》するためには、皆さんの方で善悪の軸をきちんと再構築しなければならなかったんだ」とか、そういった類《たぐ》いのことだ。だが実際に氏の口から出たのは「そうなんですか？」であり、次の瞬間には、ギャルソンを呼んで白ワインのおかわりを頼むのだ。

こうなってくると、氏が自発的に残している記憶の中にとっかかりを見つけるしかない。つまり、「記憶の屋台骨」のことだ。それは、個人の人生に起きうる出来事として抽象化した氏自身の実体験、人類史上のメルクマールとなる発見やイベント、「よきこと」推進のために下した判断と結果、それら事実の束で成り立っているのだが、以前私と会ったことなどは当然そのいずれにも入っていない。氏の厳密な基準によって、肉親についての記憶すら人生にありがちな出来事として抽象化されているのだ。だから面と向かうのはもうこれで3度目になるのに、フレデリック・カーソン氏は初対面の人間に対する礼儀正しさで私に接してくる。既に私と氏以外の人間は「よきこと」に納得して、「肉の海」に溶けているか、もしくはこの世から去っている。人間未満へと退化することを志向する集団がかつて大陸の隅に生息していたが、動物をも最高製品に繋ぐことに決めた氏の手から逃れることはできなかった。つまりあらゆる意味で、我々こそが最後の二人なのだった。

私は会話の呼び水として、「よきこと」とはそもそも何なんでしょうか？と聞いた。最強人間はワイングラスをテーブルに置き、正面から私を見る。

「よきこと、はつまり、あなた方の望みそのものだね」氏は、多くの人間に何度も繰り返してきたことを言う。

「望み？」

私が聞き返すと、氏は大仰にうなずく。これも何度もあった光景だ。

「そう、本能が導いた結論と言ってもいいかもしれない。そうだ、本能がなんのためにあるのか、君はご存じかな？」

わからない、と答えると話の流れが少し煩雑《はんざつ》になりそうなので、「生存し続けるためでしょうか？」と答える。

「そういう風にとらえることも出来るだろう。いや、とてもオーソドックスな見方ともいえるかな。でも、果たしてそれは本当だろうか？　本当に少しでも長く生き残るためだけに、我々を突き動かす本能が存在するのか？」氏の脳裏に、スタンリー・ワーカー氏の姿が浮かんでいる。5年どころではない昔のことなのに氏が未《ま》だ覚えているのは、その記憶が「よきこと」を推進するための屋台骨になっているからだ。私はそこを刺激する。

「なるほど、言われてみれば、生きている内に本能的な衝動が錯綜《さくそう》してしまい、『生存し続けるため』とは真逆な方向に走る人もいますね。あなたがおっしゃるのはそういった意味合いですか？」

「まあ、一義的にはそうとも言える。しかし物事はそう単純ではない。本能とは現実の意味の始末に匙《さじ》を投げた故の捏造物《ねつぞうぶつ》だ、と言った人類学者もいたね」

「なんだか、煙《けむ》に巻こうとしているみたいだ」

「いや、そんなつもりは全くないよ。むしろその逆だとも言えるね。正確にものを伝えるためには、多くの言葉が必要になってくる。迂回《うかい》して、周囲を固め、可能性を限定し、まさに表現したいその一点を指さす。もしつきあう時間がないと言うのなら、いつだってやめてかまわない。席を立ち、あのドアから出て行けばいい。ようやく私の誘いを受けて、『部屋』にきてくれたのは嬉《うれ》しいが、私は別に焦《あせ》ってもいないのでね。どうせ君で最後なのだし」

「僕に言わせれば、」と言ってから、私は意図的に間を置いた。「あなたこそが最後だ、という見方もできますがね」

フレデリック・カーソン氏は少しだけ驚く。それから、小さな笑みを浮かべる。

「確かに、そういう見方も出来る。いずれにしろ、残った人間は私と君の二人だけだ。どちらが最後の人間にふさわしいか、ゆっくり決めようじゃないか」

メインディッシュは複雑な名前を付された子鹿《こじか》の料理だった。出てきた料理に早速取りかかるフレデリック・カーソン氏は、一口食べては「うまい」とか「ううむ」とかわざとらしく唸《うな》ってみせる。そうしながら、私が何か言うのを待っている。私は氏と比べるといささかゆっくりしたペースで食べながら横浜の海を眺めた。最高製品の作り出すその像は、現実のものとまったく遜色《そんしょく》がない。私の眼の調子や空気中の埃《ほこり》までがCPUで計算されている。「横浜」というかつて日本に存在した街は既になく、フレデリック・カーソン氏が会話のために用意した「部屋」に横浜の像を使っているのは、氏の単なる趣味だ。以前論客が多かった頃には、アテネのヘロディオンで観客を呼んだり、エンパイアステートビルでパーティーを催したりすることもあった。最近は専《もっぱ》ら一対一の対話で、日本と言えば龍安寺《りょうあんじ》ばかり使っていたことを考えると、今回はまだしも工夫のある設定と言える。

「君がここまで残った理由がわかるような気がするよ」

フレデリック・カーソン氏がしびれを切らしたようにようやく口火を切ったのは、

デザートが運ばれてきた後のことだった。隠し味にオレンジが使われたティラミス。氏のエスプレッソと私の紅茶ももう来ていた。

「どういうことですか？」

「君は、よきことを、軽んじているんじゃないかと思うね。わかっているのかな？　もし君が私に勝つなんてことがあれば、君がこれを全部背負わなきゃいけないんだよ？　できるのかな、君に？　そもそもその意味するところを君はちゃんと理解しているのかな？」

最強人間が、私を下そうと圧力をかけてきている。であれば、私はさらにその上を行かねばならないので、

「ところで」

と言う。「以前お会いしたときのことを覚えていますか？」

「さっき言っていた、２０２０年のことかい？　いや、覚えてはいないね」

「そう、２０２０年、東京のオリンピックです。あなたは初めて人を殺したばかりで、いくらか興奮していた。もっと言えば、我々はその2年前に話したこともある。そのパーティーで、あなたは六川恭子という女性に性的にちょっと惹《ひ》かれていた。そしてオリンピックの会場で再会した彼女にあなたが声をかけ、その隣にまた私がいた。そ

れからあなたは『よきこと』について話をしたんです。覚えていませんか?」
もちろん、最強の5歳児になり果てたフレデリック・カーソン氏は覚えていない。氏が子供の頭を撫でながら語ったその時のことは、記憶の屋台骨には残っていないからだ。

Title〈Conclusion 2020〉
From〈Yozoh.Uchigami〉　2020/7/25
To〈Dr.Frederick.Carson〉

2020年の東京オリンピックにおいて、アーチェリーの試合はベイエリア会場の一つ「夢の島」で行われる。廃棄物で埋め立てられたその土地の多くを緑豊かな公園が占め、屋外アーチェリー場はオリンピックの開催に合わせてそこに新設されたのだった。フレデリック・カーソン氏が事件に巻き込まれることになるのは、競技場脇《わき》のトイレでのことだ。このオリンピック会期中のフレデリック・カーソン氏は、とことんついていなかった。狂った男にナイフで殺されそうになり、持っていた観戦チケットは、事件後に続いた連日の取り調べのためほとんどが無駄になってしまった。おまけに長らく関係を続けてきた日本の恋人は、氏が人を殺した現実に耐えられず、彼の元を去りそれ以降二度と連絡を取ってくることはなかった。彼女は、氏の名声に違《たが》わず超然としたところや、普段の生活とはかけ離れた情緒を与えてくれるところを好ましく思っていたのだが、この事件を機に夫への情愛を深めることになる。しかし、これはまあ、フレデリック・カーソン氏にとってはよくある展開に過ぎない。氏は齢《よわい》五十をとうに超えていたが、相手の女性に困ることは未だほとんどなかった。氏のキャリアや醸《かも》し出す雰囲気は、あるタイプの女性にはとても強く作用する。問題なのは、例えば氏と添い遂げようとする女性が最後まで現れることがない、といったような種類のことだ。これについて深く顧みるには、5年という時間はあまりに短い。

氏は取り調べの中で、事件のあった日のことを克明に供述した。――あの日、新木場駅で大きなトーテムポールを見た。一緒にいた友人の日本人女性が、日本では小学校の卒業記念でトーテムポールを作ることが多く日本中の小学校にあれが建っているのだと教えてくれた。駅から「夢の島」にあるアーチェリー競技場へと向かう途中、パンフレットを手渡された。マリーナ近くにある船の展示館の呼び込みらしかった。歩きながら冊子を見て、アメリカの水爆実験によって被爆した漁船「第五福竜丸」の展示であることを知った。その漁船のことは知っていたが、いまだ現存していたとは知らなかった。

自分の事件そのものは、「最後の会話」の時点ではきれいに忘れてしまっているフレデリック・カーソン氏だったが、ビキニ水爆実験のことは人類史上のイベントとして記憶の屋台骨に残している。太平洋に落とされた爆弾が、その名称通り、作戦関係者にとってはとても「ブラボー」なことに予測の3倍以上の威力があったこと、情報を与えられていなかったために周囲の小島の住民が被爆したことなどが、人類の持つ軽率な一面をよく顕《あら》わしていると氏には思われたからだ。

結局、私自身はオリンピックの会期中一度も夢の島に行かないのだが、六川恭子女史の診療室にいる時に、テレビで予選競技真《ま》っ只中《ただなか》のベイエリアが特集され、お台場、有明、辰巳《たつみ》等々に混じって夢の島のアーチェリー会場も少しだけ映った。私と六川恭子女史は、その時私用の打ち合わせをしていた。私の病院は国立スポーツ科学センターと協力関係にあり、私と六川恭子女史も精神科の代表でメディカルサポートチームに従事した。それで、最終日のチケットを都から割り当てられており、こんな機会もめったにないんだから外でご飯でも食べましょう、と六川恭子女史が誘ってくれたのだ。

それにしても、閉会式前にハワイアンレストランで同席した面々は実に奇妙な組み合わせだった。六川恭子女史と、学生時代からつきあっていた旦那《だんな》さんであるところの六川竹宗《たけむね》さん、六川竹宗さんにまとわりつく六川航《わたる》くん6歳、女史が抱っこする六川馨《かおる》ちゃん1歳、私こと内上用蔵とその知り合いから恋人へ移行するかどうか、といった状況の安永更紗さん31歳、それから環境生物学の世界的権威であり、初めて人を殺したばかりのフレデリック・カーソン氏57歳。最後を飾る花形競技の男子マラソンをVIP用のボックス席の一つで観戦していた氏は、別口でメディカルサポートチームの関係者枠として割り当てられたチケットがあることをふと思い出し、我々の座るブロックにやって来たのだった。氏に話しかけられた六川恭子女史が、せっかくだからと氏も食事会に招いたのだが、女史にはいくらなんでも柔軟性がありすぎるように思う。

フレデリック・カーソン氏は六川竹宗さんに向かい、とても素敵な奥様で羨《うらや》ましいと上品に褒め、自分は元妻に東海岸から西海岸まで逃げられて恥ずかしい限りだと卑下してみせる。「フレデリックさんもいつかいい人見つかりますよ。よかったら星座と血液型を教えてくださいよ」と安永更紗さんが慰め、「そうですよ。あなたは最強なんですから」と私も便乗して言ってみたのだが、誰も笑いも怒りもせず、六川馨ちゃんの泣き声で一瞬の沈黙がかき消された。

フレデリック・カーソン氏がぐずる六川馨ちゃんの顔をのぞき込んでアメリカ式のいないいないばあをやってさらに場が和み、それから会話が弾んでやがて枯れる。そしてついに、途切れ途切れの会話のしっぽをつかむように、氏はぽつぽつと「よきこと」について語り出す。子供たちのことを思い、みんなのためによきことが訪れますようにとまで願いながら。そしてそれは氏のまじりけのない本心だったりもする。

最後の会話においてさえ、

「私はみんなのために生きてきたんですよ」

と氏はそんなことを言うのだ。

Title〈Conclusion 2020〉
From〈Yozoh.Uchigami〉　2020/7/25
To〈Dr.Frederick.Carson〉

みんなのために生きてきたフレデリック・カーソン氏は、理想を高く持っている上に破格に有能な人間が目につけば、ほとんど全《すべ》てを相手取ろうとする。

「資源も時間も有限である以上、公平とはつまり分配の最適なルールということになる。そうだね？」代々木のフレンチレストランでの会食の際、フレデリック・カーソン氏は六川馨ちゃんにしたように、長谷川保氏の渋面をのぞき込んで言った。「例えば四半世紀前であれば、あなたが当選するのにはもっと労力が要ったかもしれない。これは全世界的に評価の基準が血統から能力へと移行してきた証拠だと思いませんか？　でも能力は遺伝子と生育環境によって差がつき、当人にはどうすることもできないことが多い。やはり公平ではないでしょう？」

「違いますよ。Dr.フレデリック・カーソン。ほんとうの公平には、評価、なんてものは関係ないんです。優先順位などというものもない」

「なるほど。しかし現実には食糧も資源も、奪い合えば足りず、分かち合えば十分、は偽であり、独占すれば足りるが、分かち合えば足りない、が真でしょう。その場合どのように分配するのが公平なのだろう？　皆で等分するのが？　それとも体重比で等分する？　もしくは年齢か何かで？　体力がない人間が取りに来なくなったら、その順に見捨てていくか。はは。まあ駄弁を弄《ろう》するのは止《や》めようか。本当はあなただって全部わかっているはずだ。大丈夫、あなたの理想は全て完璧《かんぺき》に叶《かな》えられますよ」

最高製品が現実に稼働《かどう》を始めると、フレデリック・カーソン氏は自然科学分野の研究機関にも接近するようになった。不治の病や老いの克服を目指す研究所には、Emosynk 社を通して特に厚く協賛した。最高製品が本領を発揮するためにはあらゆる発見を取り込む必要があり、専門分野や得手不得手にこだわっている場合ではなかった。さらに時代が進み、生物の根本的な仕組みの大部分が解明され寿命さえ病として処置されるようになると、社会科学・人文科学のみならず、自然科学的なアプローチからも「人間的」と定義される組成や反応についての解釈が成熟していった。概念が変遷《へんせん》していく内、いつしか最高製品に繫《つな》がれた人間達の間では、省力的に生命維持を行う方法論が伝播《でんぱ》していった。10の個体で臓器を共有したり、数人のグループ毎《ごと》に一つの臓器の役割を担《にな》い、他のグループへその機能を供与したりするなど、元々の人間の形状から比較するならば、かなり変容してしまった一群もいた。最高製品に繫がれた人類は、最適な形を模索すべく緩やかに収斂《しゅうれん》していきつつあるように見えた。

その様子を見て、多様性の保全を信条とする人間が抵抗した時期もあった。最高製品の中で精神的な共鳴が進むことは、百歩譲ってよしとしよう。しかし、肉体までくっついてしまっては、このままではたいへんな勢いで多様性が失われていくのではないか？

「なるほど、おっしゃる通りだと思います」フレデリック・カーソン氏はその灰色の目で、壊れた機械の仕組みをのぞくように相手を見た。「ですが、多様性はそもそもなんのために必要なんですか？　ただ多様であればそれで良いのですか？　ただの混《こん》沌《とん》であっても、さまざまな可能性というものは、最適な解を導くための検討材料として必須《ひっす》であるとでも？　では実際に、長い長い時間をかけて最適な答えに一歩近づいたところで、多様な人間の中のある一人が無理矢理に奇天烈《きてれつ》なことをしたために、三歩後退するとしたら？　あるいは、こだわりに満ちた行為をなせるだけの、恵まれた環境の人間を一人維持するのにかかるコストで、何人の、いや何十何百万人の人間の生育が阻《はば》まれるかご存じですか？　ねえ、あなたは一体、今のバージョンの最高製品を介すれば、そのコストでどれだけ多くの人間をまかなえるのかを知っていて、そんなことを言ってるんですか？」

フレデリック・カーソン氏はやがて、人間だけだった接続対象に動物も含めていく。公平を目指すのであれば、人間という枠にこだわる必要はないはずだと氏が気づいたからだ。外側では既に絶滅しかけている種々の動物たちが、最高製品に次々と放り込まれていった。そうすることで、多様な組成や反応が最高製品に組み込まれることになる。フレデリック・カーソン氏に反論する者は徐々に少なくなっていく。時の経過とフレデリック・カーソン氏には、誰も敵《かな》わない。

それでも、

「これは生物というより、もはや肉の海だ。動物まで最高製品につなげるとは、あまりに暴虐《ぼうぎゃく》な話ではないですか？」この種の反論をする者達はもちろん現れた。

「おっしゃる通りだね」フレデリック・カーソン氏は、殊勝げに答える。「私の視野の狭さを指摘され、目が覚めた思いだ。ありがとう。確かに、つなげる対象を動物、いや生物に限定するというのは、暴虐で、手前勝手な、視野の狭い判断だった。考えてみれば、そんな小さな枠にこだわる必要なんかまるでないじゃないか。ねえ？」

長谷川保氏を相手に、フレデリック・カーソン氏は「増えすぎた鹿」の挿話を語った。日本の国会議員にアフリカへのＯＤＡの後押しを決心させる最後の一押しとなったのは、こんな話だ。

ある場所で鹿がどんどん増え、環境秩序を破壊する数になった時、その種類の鹿を駆除せざるを得ないという判断がやむなく下された。環境が破壊されればどのみち鹿たちは死んでゆくことになるのだし、であるならその他の生物を道連れにするのではなく、その環境下で養える数まで鹿の個体数を減らすのが合理的な判断だろう。しかし、最初からこの世に存在しないことと、適正な個体数に絞るために生まれた後から殺されること、この二つの事象のどちらがよきことであるのか。私は先ほど、独占すれば足り、分かち合えば足りない、が真だと言ったが、時間軸を無視して考えるならば、余分な鹿が最初からこの世に存在しないようにすることもまた、既に存在しているものが、先の時間にあるかもしれない存在を未然に排除して、独占しようとする行為に他ならない。鹿でも人でもなんでも構わないが、環境を左右し得る上位者は、このケースでは殺戮《さつりく》と未然排除、そのどちらがよきことであるのかを見極める義務がある。では、それを検討するために、それぞれのやり方で発生する差分がどんなものなのか計ってみよう。

「いや待てよ、その前に、そもそも環境を破壊してはならない理由ってなんだったたっけ？」いつものことだが、問いかけておきながらフレデリック・カーソン氏は既に答えを用意している。「そう、環境を破壊してはいけないとされるのは、生がなるべく多種多様に永く続いていく現象を即座に『よきこと』とする我々に備わっている習性のため、と考えることもできるね。その観点から言えば、鹿である状態がわずかなりとも多い方をより良いとすることができるのかな。まあ、確かに、鹿が最も優れた生物であればそれで良いだろう。角でもぶつけ合って強い方が生き残ればいい。同じように、かつて人類は数が増えすぎると、理想をぶつけ合って雌雄を決したものだ。しかし、一人の意志で全員を滅ぼし尽くせるだけの武力を持ち、一方でどこまでも生存可能性を高め得る人類は、自己相対化の果てに永遠の膠着《こうちゃく》状態を選びたがっているように見える。つまり、増えすぎも減りすぎもしない調和のとれた状態が続くこと。限られた環境下で、人間らしい生がどれだけ維持できるかのポテンシャルを正確に読み切って、その状態を目指して邁進《まいしん》する。我々人類にとっては、それがもっとも『よきこと』ということになる。

そうだね？
それが結論だよね？」

長谷川保氏はうなずく。怜悧《れいり》な頭脳を武器に政治活動を行ってきた氏は、フレデリック・カーソン氏の語るような世界観を、それまでにも自《おの》ずから知覚していた。氏が私の治療を必要としてきたのは、生まれついた穏和な気質が、そのような苛烈《かれつ》な認識に拒絶反応を示してきたためである。そして、この時の氏はフレデリック・カーソン氏の言う「よきこと」に抗《あらが》うだけの意志を持つにはあまりに疲れていた。

「最初にあなたにお会いした時から、とても筋の良い方だと思いましたよ。あなたは『よきこと』のために、コストパフォーマンスが要《かなめ》であることを理解していた。**そう**

だね？　そして、『よきこと』を地球規模で実現する機会が訪れることも予見していた。この惑星の環境下で、もっとも調和がとれ、つまり過剰も不足もなく、最大限の生のポテンシャルを引き出して維持する。我々の習性や歴史に鑑《かんが》みるとおそらくそれこそが人類の使命ということになる。そう、最高製品を使って、我々は、惑星そのものになれるんですよ」

Title〈Conclusion 2020〉
From〈Yozoh.Uchigami〉　2020/7/25
To〈Dr.Frederick.Carson〉

惑星、という言葉で私が思い出すのは、赤羽のホストクラブ時代に付き合っていた女性のことだ。無意識の内に私を遠ざけようとしていた彼女による巧まざる皮肉、「惑星ソラリス」。思考する海におおわれた惑星が、私に似ているのだと彼女は言った。当時、私と彼女がごく細やかな部分でしか共感し合えなかったのは、まあ、仕方のないことだ。

彼女から最後に電話をもらったのは２０１８年の6月25日のことで、やはり私はその電話に出なかった。もっとも、彼女も私に出てほしいとは思っていなかった。彼女はただ、留守番電話にならないために呼び出しが続くその間、別の人生について考えることができればそれで良かった。無機質に鳴るコール音を聞きながら、彼女の人生に備わっている自力では見つけられない美質を、いつか誰かが無造作につかみ出してみせてくれるかもしれないと夢想している。彼女が電話をかけるのはいつも、夫も子供も外に出ている時間帯だった。朝食の片付けを終えた後、ソファの上で、時にはワインを傾けていることもあった。十代や二十代の若い頃には由来のわからない焦燥感に振り回された彼女だが、歳《とし》を経るごとにそれに鈍くなっていった。諦《あきら》めてきたものも手に入れたものも、同じくらい無価値で、このちぐはぐな場所に行き着いたのも、もっともな結果かもしれないと思う。

「さようなら、惑星ソラリス」

私に面と向かって告げることのなかった台詞を彼女は呟いてみる。南中に向かおうとする太陽の光が磨《す》りガラス越しにさすリビングで、革張りのソファの上に子供みたいに寝転び、天井を見上げながら。

でも、彼女がぱったりと電話をかけてこなくなるのは、彼女の心情とはあまり関係がない理由からだった。この日からちょうど一月後、車の運転中に彼女は事故で亡《な》くなることになる。誰が意図したわけでもない、偶発的な死。私は彼女が事故にあう時間になると診療を中断し、部屋に一人にしてもらった。それから、トラックに続いて右折しようとしている彼女の意識に、できるだけ丹念に寄り添った。ハンドルを回転させる彼女は、何かを忘れているような気がしてならなかった。夕飯のための野菜の種類が足りないような気もしたし、クリーニングに出すべき服を忘れているような気もしたし、もっと致命的に抜け落ちているものがあるような気もした。霧雨に滲《にじ》むトラックのテールランプを追う目が瞬《まばた》きをする。左側から衝撃と重い圧力が加わる。体が熱を帯び、痛覚も平衡覚も、あらゆる感覚が鳴らす刺激が一体となって、胸の内に高揚のようなものが最後にふっと浮かぶと、意識が途切れる。

もちろんその他にも私はたくさんの死の記憶を持っているし、今も世界中で多くの人が死んでいく。だが、何かを伝えようとするときには、その中から選り出して語らなければならない。

例えばアッバス・アルカン氏の死について、今私は語らなければならない。アーチェリー会場脇のトイレで、的に矢が刺さる音とそれに続く拍手、それから再び弓の音が響いたとき、隣の男がフレデリック・カーソン氏であることに気づいた氏は、獲物《えもの》に狙《ねら》いを定めようとする射手のように静かな興奮を覚えていた。あれだけ探し回り、インターネットで何度も顔かたちを確認した悪魔が、今まさに隣にいる。突然、氏の脳裏に尿を放つ種々の生きものたちの姿が浮かんだ。太陽に焼かれるサバンナの木陰で、レジデンスタワーの洗練されたバスルームでシャワーの湯とともに垂れ流すように、あるいは街角にマーキングするために片足を上げて。体の芯《しん》を通ってきたそれを誰かがどこかで、よどみなく放出し続けてくれるのだ、と氏は思った。アッバス・アルカン氏は自分が終わった後も、悪魔が排尿し終わるのをじっと待っている。ただ悪魔を仕留めることを考えるのであれば、排尿中を後ろから刺した方が確実であるはずだったが、氏はそうはしなかった。

フレデリック・カーソン氏が便器から離れ、アッバス・アルカン氏に背中を向ける。ここで背中から刺すこともできるが、やはり氏はそうしない。

「Dr. カーソン？」

知り合いに会ったような気安い調子で、アッバス・アルカン氏は呼びかける。

フレデリック・カーソン氏は振り返ってアッバス・アルカン氏の顔を見るが、すぐに相手の手元で光るものが目にとまり、身をこわばらせる。

「Dr. フレデリック・カーソン。そうですね？　随分探しましたよ。本当に、必死で探しました。初めまして、Dr.フレデリック・カーソン。こちらはとても初めてという気がしませんが、あなたは私が何者か、なぜ見知らぬ男にこんなところで呼び止められるのか、不思議に思っているでしょう。でもね、これは避けては通れないことなんです。それに、ほら、お誂《あつら》え向きに邪魔する人が誰もいませんね。あなたは今から、私がこの手に持つナイフで刺されて死ぬんです。なぜなら、あなたはとても邪悪な人間だからです。いいですか？　よく聞いてください。あなたは他人のことに首を突っ込みすぎる。他の人の全てを欲しがって、いつの間にか邪悪なものにとらわれてしまったんです。そうして、とうとう非道な行いを始めようとしている。だから、あなたは私に殺されるんです。放っておくとあなたの作るシステムはとても強固になる。誰も言い逃れのできない、誰も論破できない、誰も本当には幸せになり得ない、そんなシステムです。はっきり言ってね、Dr.カーソン。私はそれでも仕方がないかもしれない、とも思いましたよ。もしかしたら最後に行き着く場所はどのみちそこなのかもしれない、とね。でもね、聞いてください Dr.フレデリック・カーソン。何もそれが真実だからといって、人はそれに従う必要なんてないんです。今からあなたは死にますが、決してそのことを忘れないでください。いいですか？　大事なことなので、もう一度言いますよ。Dr.カーソン、人はね、人だけは真実に従う必要なんてないんです。くだらない人間や、無能な人間や、そっくりだけど少し劣る人間や、どんな風でもね。全く同じ人間だって、何人いてもいいんです。いいですか？　あなたは今から死にますが、そのことだけは、決して忘れないでください。もう少しで私も手が届きそうなんですが、まだ予感にすぎないことを言っています。でも、いいですか？　私が言ったことを、絶対に、忘れないでください。いいですね、Dr.フレデリック・カーソン」

　だがこの時、フレデリック・カーソン氏は凶器に気を取られ、アッバス・アルカン氏の熱弁も耳に入っていなかった。結論から言えば、どちらが死ぬことになっても構わないと考えていたアッバス・アルカン氏の方が、ナイフを取り上げられて刺し殺されることになる。死にゆくアッバス・アルカン氏は、フレデリック・カーソン氏の不心得を諭し、さらに命のやりとりという濃密なコミュニケーションを持ったことに満足を覚えていた。自分の死と教典で培《つちか》った言葉が悪魔の心にくさびを打ち込み、それがフレデリック・カーソン氏を悪魔的な選択から遠ざけるはずだと信じていた。自分の胸に受け取めた傷を、フレデリック・カーソン氏が見つめている。冷たく澄んでいく意識を少し離れた位置で感じながら、アッバス・アルカン氏が最後に考えたのはやはり「時間」についてだった。息ができないにもかかわらず、時間、時間と何度も声

に出しながら、冴《さ》え渡っていたはずの神経が、体の冷えと一緒に、夕闇《ゆうやみ》が地面の熱を
奪っていくような確かさでまどろんでいくのを感じる。時が止まろうとしている、と
氏は最後に思った。自分の時を止める代わりに、私は悪魔にくさびを打ち込んだのだ。
しかし、あろうことか、最後の会話の時点であなたはアッバス・アルカン氏のこと
を覚えてすらいないのだ。目の前で起こったことであり、もっと言えばその手で殺し
たというのに、あなたはアッバス・アルカン氏のことを「反社会性パーソナリティ障
害による殺人未遂犯一般」としてのみ記憶に残し、詳細は消してしまっている。
そして、私がこの長い間しつこくメールを送り続けてきた理由は、ここで明らかに
なる。私は、アッバス・アルカン氏の決死の行動を有効活用するために、このような
回りくどい手を打っているのだ。

「なるほど」とフレデリック・カーソン氏はこのメールを読み終わり、呟《つぶや》く。横浜の
「最後の会話」でのことだ。
「全部読んでくれましたか？」
「ちょうど今読み終わったよ。しかし長いメールですな。ここに書かれていることが

本当だと言うなら、君はこのメール群を、我々が初めて会う前に出していたことになる。確かに私のメールボックスの日付上もそうなっている。手の込んだいたずらでないとしたらですがね」

「最強人間であるあなたに、いたずらなんてできっこないじゃないですか。でも、」

私は少し間をおくことにして、ギャルソンを呼ぶ。氏は何も言わず、テーブルクロスに映った赤い花弁の影に焦点を合わせている。白ワインが注がれ、それを一口飲んでから私は口を開いた。「他の人間と違って、私にはあなたと戦う手段がある。メールにも書いたように、私は最終結論ですからね。だからこんなメールを出せたし、あなたの見張る目をかいくぐってここまで生き延びることが出来た」

「なるほど」フレデリック・カーソン氏は余裕を見せようとするが、内心では焦っている。記憶を失い続けることで、間違った判断を避けてきたつもりかもしれないが、この際それが弱みになる。

Title〈Conclusion 2020〉

From〈Yozoh.Uchigami〉 2020/7/25

To〈Dr.Frederick.Carson〉

だが「最後の会話」はまだ随分先のことで、今、私はサッカーの予選試合が始まる直前のメインスタジアムにいて、座席の下から吹いてくる冷気で涼んでいる。ここから約900メートル離れた夢の島のアーチェリー会場のトイレではちょうど、アッバス・アルカン氏がナイフを手にしてフレデリック・カーソン氏に話しかけているところだ。私は妙に激しく異性が欲しくなっていたから、隣に座る安永更紗さんの手に触れてみた。彼女は私に少しだけ好意を持っているから、ひんやりした指先でぎゅっと親指を握り返してくれる。

私が何度も反芻《はんすう》することになる殺害シーンがいよいよ始まる。アッバス・アルカン氏がのろのろとした動作で突き出したナイフは、次の瞬間フレデリック・カーソン氏の手中にあり、いつの間にかアッバス・アルカン氏の剣状突起に深く突き刺さっている。アッバス・アルカン氏は膝《ひざ》から崩れ落ち、しかし持ちこたえることなど到底出来ず声も出せないまま壁に寄りかかる。最後に首筋の筋肉がびくりと痙攣《けいれん》して、こときれる。フレデリック・カーソン氏は目の前の狂人の胸の真ん中に突き立ったナイフを呆然《ぼうぜん》と見ている。視界をかすめた鏡の反射で顔にわずかに血がついたことを知る。その赤が、氏にはひどく鮮やかに見えた。

不意に勇ましい音楽が鳴り響いた。周囲では歓声が上がり、座ったままなのは私と安永更紗さんだけで、私の実際の視界には、目の前に立つ男の腰と肩があった。人々の背中や頭の合間から真向かいにある聖火が見えた。崩れ続けるように形を変えて燃える炎から、私は目を離せなくなった。排尿をするアッバス・アルカン氏のうしろ姿がなぜか頭に浮かんだ。どうしたの？　と安永更紗さんが聞いてくるが、私はそれに応《こた》えることができない。自分でも何を感じているのかよく分からなかったからだが、ゆっくりと焦点が合うように思考が像を結んでいく。

もしかしたら、と私は考えていたのだ。もしかしたら、私は今とても重要な機会を逃してしまったのではないか。今ならば、いや、もはや去ってしまったのだから今ではなくてさっきならば、私はアッバス・アルカン氏を救うことが出来たのではないか。なぜならまだその死は起こっていなかったのだから。それが起こる前に、ただ私がふらりと両氏が鉢合わせすることになったトイレに行っていれば別の展開があったのではないか。だが私にはその事象の意味することがうまく飲み込めなかった。私がどのように行動したところで、自律的にバージョンアップを重ねる最高製品は、やはり同じ結論へと我々を導いていくような気がした。それこそが結論であるような気がした。フレデリック・カーソン氏との最後の会話の時点ですら、私はやはりそんな風に思っているはずで、安永更紗さんに今手を繋いでもらいながら思うのは、どのように格好をつけても私はその未来像を既に受け入れているのではないか、というようなことだった。

安永更紗さんの手の感触を味わいながらも、私は、彼女が肉の海に溶けていくところを思い浮かべるのをやめられない。彼女が最高製品を自分で操作するその手つき。彼女が何度も繰り返してきた動作だが、その時のそれはいつもとは違った雰囲気がある。彼女はもう接続をとかないことに決めている。ずっとつながって、もう戻ってこない。霧雨、赤いテールランプ、信号の光。なぜかふと、私は映画好きの元恋人の事故を思い出す。肉の海に沈むことと死ぬことは全く違うはずなのに、こんな時、なぜか私はいつも死者のことを思った。

Title〈Conclusion 2020〉

From〈Yozoh.Uchigami〉　2020/7/25

To〈Dr.Frederick.Carson〉

「しかしなぜ、君はすべての結論を知っているのだろう？　いや、そう思い込んでしまっているのだろう？　と言った方が正確かな」と、その時、フレデリック・カーソン氏は言ったのだ。「最後の会話」は人間同士が行った、本当に最後の会話なのだから、もっとしっかりその場面に集中しなければならない。

「あなたにはずっと話す相手がいなかったんでしょう」と私は応えている。「いや、本当はいたはずなのにあなたが拒絶してきたんだ。あなたは、人間は一人だけで良いという考えをお持ちのようだが、それこそ単なる思い込みじゃないんですか？」

「私の思い込みだって？　いや、私は人類にとっての『よきこと』に従っているに過ぎない。私は私以下の人間をすべて肉の海に沈めてきたよ、確かにね。それは友人の遺志でもある。明確に言い残されたわけではないが、まあ、似たようなものだ。人類の行く末なんてどうでもなり得たはずだが、私が最強だったからこうなったのかもしれないね。でもね、一つ言い訳させてもらうなら、誰もさ、まさか自分が最強だなんて思わないだろ？」氏は、かつて多くの人間がいたときのことを懐《なつ》かしんでいる。多くの意見があり、見方があり、茫洋《ぼうよう》とした海のように散らばった理想を体現しようと、人々がもがいていた時のことを。しかし、氏には特に心残りがあるというわけではなかった。「そう、誰かが私を説得し、いや、そうでなくとも、数を頼んで法や暴力を使って追い詰めることもできたはずだったのに、誰も私に勝つことができなかった。私はただ、誰よりもフェアに真剣にやってきただけなのにね。いや、だからかな？」

最強人間はギャルソンを呼んで新たにシャンパンを開けさせ、グラスになみなみと注がせる。この部屋には、酒に限らずなんでも無尽蔵にストックがある。

外の世界では皆が残していった品物が余剰していて食うに困ることはなかったものの、それら中等の品々に囲まれた日々は味気のないもので、氏が用意した「部屋」の心地よさはなんとも魅惑的に感じられた。だが、そのような弱みを見せるのも癪《しゃく》に障《さわ》る。私は氏に対抗するようにギャルソンを呼び、同じだけシャンパンを注がせた。

「伺っていると、あなたは今のこの状況が望ましいものであると考えているようですが、そこは認識が間違っていませんかね？」

「そう――、なんだろうね。きっと。いや、というより、皆さんがこれを望んでいたということとなんじゃないかな。記憶の屋台骨がそう告げているから。こんな言い方しか出来なくて申し訳ないが、まあ勘弁してくれ。私も長いこと頑張ってきたんでね。まあ、こんな私の状態を贖罪《しょくざい》の意志とみてくださってももちろん構わないよ。そういう言い方がなじむ方も何人かいらっしゃった」

「最後の会話だというのに、味気ないことですね。あなたにはまるで自由意志がないみたいだ。でも贖罪というのは本音なんじゃないですか？　あなたは先ほどからスタンリー・ワーカー氏のことを言っている。彼のことは覚えている。そうですね？」

氏に動揺は見られない。ただ、私が何を言うのかに純粋に関心を寄せている。最高製品の外にいる人間と話をする機会は、氏にとってもこの5年間なかったことなのだ。だが、氏は私の来訪に紛れもないスリルを感じていて、それは氏の取ってきた選択が完全ではないことを裏付けているとも思えた。この会話の中で氏の手落ちをどこまで指摘出来るのか試してみたいところだ。もっとも、仮にそれを思い知らせることが出来たとしても、アッバス・アルカン氏と同じように私のことを忘れられてしまうとその甲斐《かい》もないのだが。等とつらつら考えつつも、私はこのやり取りの結論すら知っている。私はこの後、友情の大切さを説き、スタンリー・ワーカー氏をむざむざ自殺へと追いやった氏の不実をなじり、そこから敷衍《ふえん》して愛の大切さをかき口説き、不完全な人間同士がなんとか連絡して一歩一歩進んでいくことこそ志向すべき状態なのではないのか、という趣旨のことを述べる。するとフレデリック・カーソン氏はそうやって一歩一歩着実に進んできた結果が今のこの状況なのだと反駁《はんばく》し、確かにスタンリーが死んでしまったのはとても悲しいことだが、それでも友人の設計した最高製品が肉の海そのものとして人類の歴史に足跡を残したのだからきっと彼も本望なはずで、そもそも感覚や感情の主体は仮住まいに過ぎないのだし、有限だった生を必死に全うしつつ目指していた理想に近い世界が今のこの状況なのだ、いやこの状況というか、もうあと一歩なのだ、と述べるのだった。

「あと一歩？」

「そう。君がいなくなって、そして私がいなくなって、そしたら完成だ。もちろん順番は逆でも構わないけどね」

会話が始まってもう24時間以上経《た》つが、ガラスの向こうの湾景はずっと夜のままだ。久しぶりの横浜の夜も悪くない。

Title〈Conclusion 2020〉
From〈Yozoh.Uchigami〉 2020/7/25
To〈Dr.Frederick.Carson〉

そう、あの横浜のレストランは、安永更紗さんと初めて二人で会った場所だ。スポーツ観戦の経験がほとんどなかった彼女も、いざ地元でのオリンピックが近づくと突然増えたにわかスポーツファンの一人となり、ディナーの終わりに出てきたシャーベットを食べながら、競技を生で観戦してみたいと言った。公私混同かとも思ったが、困った患者の一人であるところの都職員に依頼してみると、あっさりとサッカーと陸上競技の予選チケットを用意してもらえ、そう言えば今、我々はメインスタジアムにサッカーの試合を見に来ている。オリンピックの会期中、病院のエレベーター脇《わき》のロビーや相部屋の入り口からテレビがのぞく度つい足を止め、肉の海になる前の人間たちの、限界まで鍛えられた肉体が躍動する様を感心して眺めたものだが、今目の前で実際の競技が行われているというのに、どういうわけか私は別のことで頭がいっぱいだった。

「最後の会話」でフレデリック・カーソン氏が言った「オリンピック方式」について私は考えている。それは夢の島のアーチェリー競技場で、死にゆく男を前にしたフレデリック・カーソン氏の頭に浮かんだことでもあった。矢が的に突き刺さる重みのある音が響くトイレで、壁に寄りかかったままことされたアッバス・アルカン氏の胸を染める血を眺めながら、フレデリック・カーソン氏は「よきこと」について一心に考えようとする。

オリンピック方式というのは漁業でよく使われる言葉だ。水産資源を守るため、その地域の年間の水揚げ量の上限を決め、そこに達するまで漁師が自由に競い合って漁獲しても良いとする方式。これに対して、漁業従事者個々に上限値を設けるＩＴＱ方式というのがある。オリンピック方式の場合、従事者の努力次第で各々《おのおの》の単年の水揚げ量が変わるが、ＩＴＱ方式はそもそも個々の上限枠が決まっている。仮に各方式とも総水揚げ量が同量に設定されたならば、オリンピック方式では「早い者勝ち」の状態になるので、少しでも早く獲《と》ろうとするため、まだ育ちきっていない若い魚まで水揚げし、結果的に魚の個体数が減ることになる。ＩＴＱ方式の場合は、個々が割り当てられた水揚げ量あたりの金額を最大化しようとするため、十分に育った魚のみを狙うようになり、比較的水産資源は保全されやすい。

「要するにオリンピック方式では立ち行かなくなるということだ。これは、成果物を引き出す能力が環境のポテンシャルを上回ってしまったことを意味する」最後の会話の折、フレデリック・カーソン氏はそう一区切り付けた。

「でもそれは漁業の話でしょ？」

「いや、現れ方が違うだけでさ。根本にあるものは同じだよ。君は教典ってのを読んだんじゃないのか？　彼も書いていたんだろ？　世界の根底には共通する文なり、数なり、音がある。それらを核として、世界はあるべき姿に収まろうとする。あらゆるものが完成形を志向し、それらの衝動を均衡させた結果として『よきこと』が作り出される。それがつまり今回は肉の海だったわけだ。ところで、」

こちらに後頭部を向けて外の海を眺めていたフレデリック・カーソン氏が向き直り、私を見据える。と、突如レストランの像が崩れて、東京オリンピックのスタジアムへと変わった。フレデリック・カーソン氏はいつの間にか私の隣にいて、男子400メートルハードルや女子砲丸投げが行われている会場で安永更紗さんが私にしてくれているように、私の手を握っている。フレデリック・カーソン氏の手は肉厚で固く乾いている。わっと会場が沸いてそちらを見ると、予選にもかかわらず、世界記録が出たようだった。

「確かにこの時、私はオリンピック方式について考えていたのだろう」とフレデリック・カーソン氏が言った。「人や出来事は一切覚えていないが、そのことは記憶の屋台骨に残っているよ」

一方、実際の今では、

「内上さん見ましたか？　あれ、すごいすごい。世界記録が出たところ見たの私はじめてかも」安永更紗さんがそう言って、私の手をより強く握る。細い指だが意外と力がある。

「僕も初めてだな。オリンピックの醍醐味《だいごみ》だよね、実際」と私は安永更紗さんに笑いかけた。そうしながら「部屋」ではフレデリック・カーソン氏に、

「あなたが忘れるか、忘れないかの基準は何なんでしょうか？」

と聞いている。いや、時間軸的にはこれはずっと後のことだから、今しているわけではない。今しているのは思い出すことだ。いやそれも違っていて、これは未来のことなのだから、起こると知っていることを味わっている？「なんか、ぼうっとしてませんか？　そっか、ひょっとして感動してる？」いや、私は感動のため黙っているのではなく、思考しているのだ。この、私が置かれている状況について。だがそのことを彼女に伝えようとしても、うまく伝わらないだろう。私はこれまでいつもそうやって生きてきたのだし、私がこのような感じであることを打ち明けたところで、誰の共感も得られないことを知っている。私は未来も過去も全部知っているのだから、私が今このように考えることになるのも知っているはずで、私にとって、時間は手に取れる物理的な塊のようなものとしてある。

「そうか。そんな風に君は確信しているわけだね？」

フレデリック・カーソン氏の声で我に返った。また横浜に戻っている。フレデリッ

ク・カーソン氏の顔が間近にあった。

「でも君のその確信は正しいのかな。本当は、君は、今、という概念をとらえかねているんじゃないかな？　そんな気がするよ。というよりそのために、君はそれこそ『今』一生懸命考えているんだね。私なんかはそこにいじらしさを感じるんだけどねえ、内上用蔵さん」

フレデリック・カーソン氏は手を挙げてギャルソンを呼ぶ。白いワイシャツをきっちりと着こなし我々にラベルを示す若い男性の微笑はどこか初々《ういうい》しいものに私には見えるが、フレデリック・カーソン氏が同じ場所に見るのはタキシード姿の初老の男だ。こくこくこく、と小気味良い音を立てて透明な液体が泡を立てながら注がれていく。グラスのシャンパンの嵩《かさ》が増すにつれ、私の中で疑問が頭をもたげてくる。そんな風に君は確信しているわけだね？　とフレデリック・カーソン氏は言った。

しかしなぜ、氏は口に出してもいない私の考えがよめているのだ？

「何を驚く必要がある？　だって君がこの場面もメールに書いてよこしたんだろう？　そしてそれを私が既に読んでいるんだから、何も不思議なことはないじゃないか。今私がこうして話していることだって、君が書いたままを話しているだけなんだよね？

でも、君がそんな風に思えないのだとしたら、これは一体どういうことだろう？　君が驚いているのだとしたら、もしかしたら君が思っていることが間違いということなのかもしれない。そうだとしたら、私が話していることも含めて『これ』は一体何なんだろうね？」

これ？

「君が私に時間軸を無視したメールを送って、私がそれを読み、さらに時間軸を無視したこの発言が出来るようになったのだとしたら、発生してしまう矛盾。因果律に反したことが起こっているとしたら、導き出される答えは一つだ。つまり、」フレデリック・カーソン氏はシャンパンで喉《のど》を湿らせる。それから鼻先が当たりそうなほど身を乗り出して私の目を覗《のぞ》きこむ。灰色の目に、私が映っている。「つまりこれは現実ではない、ということだ。そして君はそのことをわざと忘れ、結論にまつわるある事実だけは認知しなくて済むように制限をかけている。どの部分を満たさない方が良かったのか、一つ一つ検証するためにね。『これ』が現実にあり得ると思うかい？　いや、でもこの言い方は正確ではないな。現実でないのではなくて、プレーンな現実ではないと言うべきかもしれない。プレーンな現実ではなく、仮想現実でももちろんなく、我々はそれらを超越したところにいる。言うなれば、超越的リアリズムの世界に我々はいる。そして君は最終結論であるというよりは惑星であり、私は最強人間である」

ちょっと、わけがわからないな。私がそう言うと、フレデリック・カーソン氏はふっと鼻から息を抜いて笑い、

「端的に言えば、こんなメールがあるわけないだろ、馬鹿野郎《ばか》。ということになるのかな」

そう言って再びギャルソンを呼んでシャンパンを注がせた。「まあ、今はまだそれで結構。でも、いずれにしても君はもう既に肉の海だよ」次の瞬間、また横浜の像が崩れる。太陽だと認識する前に、まぶしさのため瞳孔《どうこう》が萎《しぼ》み、その反応で野外に出たことを知る。巨大な岩山の上に我々はいるようだった。ただテーブルだけが横浜のレストランと同じもので、まだここがフレデリック・カーソン氏の作り出す「部屋」の一つである証拠になっている。私は岩山の縁まで歩き、下をのぞき込んだ。岩の狭間《はざま》を縫うように川が流れている。風が吹き、土埃《つちぼこり》で視界がくもった。川はほとんど動いていない。中に苔《こけ》かプランクトンでも繁殖しているようにかすかな緑色をしていて、陽光を吸い取って反射も鈍い。つまりあれが、肉の海だ。私の視界の先には廃墟《はいきょ》と化した都市があり、腐乱したビル群を補うように、そのゲル状のものが絡《から》みついている。

都市と肉とがもつれ合っている。

「最終的に人類はああなることを目指していたんだね。そしてあれが完成形だ。よかったね」

「肉の海？」

「そう、つまり君だね」

「僕？」

「そう。そして私でもある」

「なぜ、肉の海が我々なんですか？」

「それはね。よく聞きなさい。今から言うことこそ、君が忘れてしまっていることだ。いや、今まさに君が忘れようとしていることだ」フレデリック・カーソン氏は私の反応を面白がるように、わずかに目を細めている。「いいかい？　君はね、肉の海が見る夢の代表人格なんだよ。つまりあの気色の悪い肉の塊の思考そのものなんだよ。そして君は今、別の角度から結論が出せないか、永い安定の末にそう考え始めている。一つの結論はもう出ていて、これ以上動かしようがなくなってしまったから。だから君は、というかありていにいえば、人類は、もう一度個に戻ることにしたんだ。そのために今忘れようとしているのがそのこと、つまり、君が人類の見る夢の代表人格だということだったんだね。君は今、肉の海に沈んだ人間の記憶から、人間という概念を再構築しようとしている。失ってしまった個とはなんなのか、寿命とは、他者とは、時間とはなんなのか。透明者っていうんだっけ？　君がわからないと感じる人間のことを。でもかつて人類がプレーンだった頃、自分以外のことはみんなそんな感じだったんだよ。君はそうやって一つ一つ検証していき、肉の海から一個の人間に戻ろうとしている。生命の神秘や、自然科学的な事実、芸術の神髄、愛の正体、さっき二人で話し合ったあらゆる定理は全部私が預かっているから、君は安心して個に没して構わないんだよ。全員が透明者になる、元々の意味での個にね。一旦《いったん》は『虚空《こくう》に浮かぶ肉の海』としての結論が出たんだ。もしそれを超えるだけの結論を君が導き出せたなら、私の側にストックされた真実を使っていつでも肉の海を分解し、理想的な実体に再構成することができる。だから、何度でも、ゆっくりやれば良いんだ。君は、『個』と『今』に没していればいいんだ」

フレデリック・カーソン氏は本音を述べている。人間と呼びうるものはすべて肉の海となっていて、私が最後の人間であり、いわば惑星そのものとなってしまった私が、人類の歩んだ道を今一度検証するために、個に立ち返ろうとしている、と、氏はそう本気で信じている。もしそれが正しいのであれば、氏は本当には存在せず、私のための仮想的な導き手のようなものということになる。だが氏のその認識はそもそも間違っていて、私が書いているこのメールを少し前に読んだ氏は、その内容の都合のいい部分だけを強く信じ込み、記憶の屋台骨に組み込んで、最強性を保つためにあとの記憶を消してしまっているだけなのだ。私を下すために、少なくとも状況をイーブンに持っていこうとし、頭脳を高速回転させた結果として。

私にはそこまで認識できてしまっているのだが、氏は自信に満ちた目で力強くうなずいてみせる。あまつさえ私を説得しにかかり、「かつて私だった者なども、とうの昔に肉の海に沈んでいるのだよ。今話している私は、惑星である君が作り出す幻像に過ぎない。さあ、戻っておいで。君が確信を持って肉の海に再びつながった時、『よきこと』は完成する。透明者も、時間の感覚も、オーソドックスな生来の形に戻し何度もやり直せばいいんだよ。いつか別の結論が出るまでね」

「さあ」と氏が手招きする先には、横浜の像の裂け目がある。

Title〈Conclusion 2020〉
From〈Yozoh.Uchigami〉　2020/7/25
To〈Dr.Frederick.Carson〉

フレデリック・カーソン氏は、私を肉の海に沈めた後のことを夢想している。自分も最後に肉の海に入り、「よきこと」が完成した後のことを。緑がかったゲル状の人間が地球の表面にへばりついている様を、氏は上空から見る。それは海と接触し、緑は混ざりあっているように見えるが、一方は生命で、一方はほとんどが水と塩だ。視点はどんどん上昇し、大陸の形が見え、地球の背景に虚空がのぞくようになる。太陽を中心に豆粒大の惑星がそこにちらばっていて、視界の真ん中にある地球はやはりとても青いのだ。と、惑星の上で突如炎が弾《はじ》けた。何かを約束する指輪のようなそれは、ゆっくりと丸く拡《ひろ》がっていき、あれはずっと昔、記憶の屋台骨に組み込んだとてもブラボーな威力を持つ爆弾にちがいないと氏は思う。でも違う、あれは花火だ。多くの祭りがそうであるように、それは花火とともに始まって、花火とともに終わるのだ。

そして、そう、実際の今私がいるのは東京オリンピックの会場で、トラックでは陸上競技の予選が続いている。スタンドは満員で、観客の半分以上は日本人だが、外国人も多くいる。内乱の続く紛争地から招待されて来た外国の子供は、目の前で起こっている光景に納得のいかない思いを抱えているが、自分が何を考えているのかよく飲み込めていない。その子供の父親は男性的な自己英雄視とコンプレックスの残滓《ざんし》がないまぜの状態でグループのリーダーから洗脳され、言われるがままに銃を手にとって戦闘を続けた末に亡《な》くなり、母親は今子供がいる場所から1万2000キロ離れた場所で日々の空腹に耐えている。先ほど終わった400メートルハードルの彼らの国の選手は二次予選で敗退し、控え室でタオルを肩に掛けじっとしている。子供の隣には困った患者の一人であるところの都職員がいて、日本代表選手が出てくる度に心の底から応援しているが、なかなか陸上競技でアジア人は勝てない。もちろんだからといって、日本選手団は諦《あきら》めていない。人種による体格差も乗り越えて勝つことを目指すのが選手として当然だし、勝てなくとも少しでも接戦に持ち込むよう努力することが、崇高な行為であるように思えている。そしてそれは自分との戦いでもあるのだと多くの者がそう思う。国籍人種関係なくほとんどの選手にとって乗り越えるべきは昨日の自分であって、その思いは少しでも記録を塗り替えたいという衝動に結実しているのだが、ピークを過ぎた選手にとって戦うべき相手は過去の自分ではなく、自分そのもの、もしくは自分の置かれた状況で、今ある状況下でベストなパフォーマンスを発揮する、そのために果たして何が出来るのか、意識のすべてをそこに集中する。それはこの場に限らず数え切れないほど多くの場で起こってきたと私にはわかるし、このオリンピックの会期中にだって何度も起こることを知っている。肉の海に至る結論に与《くみ》した様々な真実の発見の過程にもやはりそれはあったし、そういった瞬間瞬間には良くも悪くも興奮があって、結論から言えばオリンピックで賞揚される種の美質の積み重なりが、やがては我々を肉の海へと導くのだ。

「そうだそうだそうだ、それこそが、それこそが」とフレデリック・カーソン氏が、沈黙に耐えきれなくなって、がたがたと膝を揺すりながら喚《わめ》く。話すことのなくなった我々が沈黙の我慢比べを始めてから、随分時間が経っていた。最後の会話では公平な勝負にするため記憶を消すことをやめていたフレデリック・カーソン氏が、私に入るよう促していた裂け目に足を踏み入れて向き直った。そして「結局同じことなんだよ。君が先だろうが、私が先だろうがね。だからもう、私が先に入るから、君が後から続いてくれたまえ、それでいいからさ」と早口で言うと、裂け目の先へと消えてしまった。残されたのは真ん中から裂けた横浜の像だけだ。

しかしこれでは、どちらなのだかよくわからない。つまり、氏が言っていたように私が惑星そのものであるのか、あるいは最強人間であるフレデリック・カーソン氏が私に勝とうとしたものの結局負けてしまったのか。答えを出す材料もなく、私は長い間裂け目を眺める他なかった。そうする内にやがて思い付くのは、私が「一般的」だと思われるものと乖離《かいり》している部分が手がかりになるのではないか、ということだった。例えば、氏が消える前に指摘したように、私が透明者と呼んでいるものは他の人間にとっては通常の「他者」であり、そのことを私もあながち知らなかったわけではない、ということだ。同じようなものとして時間の感じ方、というのがありそうで、おそらくこんな風にすべての結論が出て、何もない裂け目に呆然とするばかりの世界を「今」と同列に味わえてしまうことはたぶん一般的ではない、というより本当は「今」という感覚が私にはよくわからなくて、見よう見まねで私に流れる複数の時間の一つを「今」と定めているに過ぎなかったりする。その仮に定めた「今」の時点より時間軸的に後のことを未来、前のことを過去と呼んでいるのだが、私にはその区別がうまくつかないのだ。例えば「今」は過去と違って何をするのかを選べるというのが一般的なのかもしれないが、私が選んだ「今」はあくまで便宜的に選び出したものに過ぎず、どうも過去や未来と別の取り扱いが出来るように思えない。試しにフレデリック・カーソン氏が肉の海に沈む瞬間に意識を合わせて、裂け目の手前で氏の腕を摑《つか》もうとすると摑めてしまう。「まだ私に何か用があるのか？」と氏は言って、「まだ話し足りませんよ」と私が応えると、氏は満足したようにうなずいて再び椅子《いす》に座りなおした――のだが、しばらくするとやはり似たようなやりとりの末に氏は何もない裂け目に飛び込んでしまう。その他にも、例えばスタンリー・ワーカー氏が自殺に追い込まれる前に私がアメリカに渡って氏が鬱病《うつびょう》になることを回避させたり、あまり影響はないかなと思いつつホスト時代につきあっていた映画好きの彼女が事故に遭わないようにしてみたり、アッバス・アルカン氏とフレデリック・カーソン氏がトイレで出会う前に片方をひきとめて殺し合いをしないようにしてみたり、色々試してみたのだが、やはり結論は変わらない。2020年の時点で私がいる場所が東京であったり、イスタンブールであったり、隣にいるのが安永更紗さんであったり、病室から付き添う看護師であったり、一人きりだったりはしたが、それでも結論自体は変わらない。もちろん最後の会話の相手がフレデリック・カーソン氏でなくなることもあるのだが、結局はやはり似たようなことが起こるのだ。

そんな風に物事は様々に変容するが、いずれにせよ私はかなりの確率で、2020年のオリンピックを観戦しに行っている。一度など、私の手に入れたチケットが男子100メートルの決勝であったこともあることになる。裏オークションで買えば10万円は下らないプラチナチケットだ。

吹けば消えてしまいそうな寄る辺ない確率で存在し得て、予選も勝ち抜いた芸術的な肉体を持つ人間たちが、クラウチングスタートのポーズで銃声を待っている。
銃声が鳴ったなら、この惑星上で、最も速く走るのだ。

あとがき

「厳密に言えば、太陽は燃えているわけではない。」

その一文を書いた時のことを、十年近く経《た》った今でもよく覚えている。最初の一文を書いた瞬間、僕はこの小説の完成を確信し、興奮とともに文字を連ねていった。当時はまだそれほど多くの作品を仕上げていたわけではなかったけれど、これまでのどの作品の書き出しとも違う手ごたえがあった。

「デビュー作にはその作家のすべてが現われている」創作について語られるときによく聞く言葉だ。収まりのよい定型句には疑いの目を向けてしまうたちだけれど、改めてデビュー作となったこの作品集に収められた二編、「太陽」と「惑星」を読み返してみると、その後にもつながるモチーフやその断片が多く詰まっている。

例えば塔、例えば西暦二〇二〇年、——ほのかな熱のように、僕の中にあって言葉にせざるを得なかった数々のモチーフ。

「太陽」の書き出しの一文が、作品の最後までを持ってきて、その作品自体が、二作目の「惑星」を呼び寄せ、その連鎖が後の作品へと続いていった。

「作家のすべてが現われている」かどうかはわからないが、始まるべくしてここから始まったのだという感覚がたしかにある。

手に取っていただけ、読んでいただけたなら、こんなに嬉《うれ》しいことはない。

上田岳弘（二〇二二年一月十一日、東京）

解説

町田康

人間というものは何処《どこ》でどう間違ったのか、なかなかに大変な生き物で、ただ生きているだけなのに苦しみを味わっている。そしてその苦しみは昔は、肉体的というか、単に、痛い、とか、寒い、とか、腹が減った、とかそんなものであったのが、時代が進み、科学が進んで、そういう原始的な生活を脱するようになると今度は、暇というか無為というか、快楽があまりなくて不安だけがある状態に苦しむようになる。

そこでそれを防止するためにゲームや映画や小説やといった娯楽・エンタメ、快楽のうちにあって時間が過ぎていくものが創《つく》られるのだけれども、でも苦しみを感じるのは人間の身体で、身体には限界があるから人工的な快楽に耽《ふけ》るとその反動としての不快に見舞われるし、もっというとその先には逃れようのない、死、というものが不気味に存在して、生のよろこびを圧迫する。

じゃあどうしたらよいのか、ということで、人間はこれまでいろんなことを考えて、その結果、宗教や哲学が発達してきた。

それは思い切って雑に言うと、二つに分けることが出来る。それは自分というもの、つまり個というものがずっとあるかないか、ということで、あると考えると、どうしても考え方は善悪二元論みたいな考え方になっていく。

どういうことかというと、この世界には、この世界を創った明確な意志のような存在があって、その意志に添う者、適《かな》う者は善で、その意志に逆らう者は悪なのであり、自分が苦しみを感じるのはこの悪が善を妨害しているからである、という考え方である。

そしてこの考えはさらに次のように発展する。

確かに今は悪が栄え、善を圧迫している。だけれどもそんなことがいつまでも続くわけがない。

なぜならこの世界を創った最強の存在がそんなことを許すわけがないからである。それゆえ、もう間もなく、最強の存在が現れ、悪を討ち滅ぼす。これすなわち最終戦争であり、最後の結着であり、これによって悪は討ち滅ぼされ、人類の悲しみと苦しみの歴史が終わって、永遠に続く善の王国が地上に顕現する。

と、これを言ったのがイエスという人で、「もう、今、現在、その国が出来ている」

と言い、人を混乱させ、「なに言うとんじゃ、アタマおかしいんか」と言われて処刑された。

もうひとつの考えは、苦しみを感じるのは自分というものに拘泥《こうでい》するからであって、それを相対的に捉《とら》え、自分というのは全体の一部に過ぎない、もっと言うと自分というのは全体の中で起こった事に対する反応、反響のようなものに過ぎず、実体としての自分はそもそも存在しない、とする考え方で、そうすると苦しみを感じてもよろこびを感じても、それそのものが単なる現象なので気にならない。そしてそのうち死ぬけれども、それは自分が終わるというよりは、反応が終わって全体に回帰するだけなので、特に恐れることはない、と思おうとするのである。

そしてこの二つの考え方が人間を苦しみから救ったかというと、あまり救わなかった。これまで相手を悪と名指してする戦争はいくつかあったし、今もあるが、その後、永遠の王国が現れることはなかったし、自我を滅却できたと思う瞬間はあっても、それは長く続かず、死の恐怖から免れることはなかった。

つまり、自分がある、と考え自分に拘泥しても、自分などない、と考えても結局は救われないということで、じゃあ、というので右に書いたように、人間は、苦しみを軽減するための娯楽を拵《こしら》えつつ、それと同時に科学技術を突き詰めることによって、此《こ》の世の苦しみを別の点でも軽減しようとしてきた。

しかしそれは方便に過ぎず、やはり苦しみから逃れるためには、あまり効果が無いと知りつつ、相も変わらず右の二つの方法に頼る、つまり時が流れてやがて最終的な結着が着く日が来るので、それを少しでも促進するための努力をするか、自我を滅却すべく、自分の内面を変容させていき、やがて悟りを開くべく努力するしかない、というのが現状である。

そしてこの二つの考え方は、相性が悪いというか、仲が悪いというか、この二つの考えを自分のなかで両立させるのは難しい。なぜなら自分などない、など言えば全《すべ》てを創った存在に、「折角創ってやったのに無いとはどういうことだ。なめてんのか」と思われ、悪の側に入れられ、最終戦争の際に滅ぼされるし、自分がない、という立場の人は、此の世には善も悪もない、と考えるし、そもそも善認定されるべき自分がないし、今の自分のまま永遠に存在する、とも考えないからである。だから。

上田岳弘の『太陽・惑星』を読んで驚愕《きょうがく》した。なぜならそこに、この相混じり合わない二つのいき方・考え方の合一があったからである。それは政治体制になぞらえて言えば、というか実際にそういう世の中が小説の中で実現しているのだけれども、独裁政治と民主政治の合一ということで、普通にやれば、写実的に描いても、お伽話《とぎばなし》として描いても無理が生じる状態なのだけれども、この小説においては、「なるほどその通りだ。このように進み行けばこうなりますよね」という説得力を持って描かれている。

「太陽」と「惑星」という二つの小説は、それぞれが独立した作品でありながら、一方がもう一方を互いに説明し合うように作られており、しかもその内容・主題をわざとずらして、行き交うものが乱反射するようにしてあるので、別々に話をするのがむずかしいのだけれども、それに耐えてまず「太陽」の話をすると、ここではいくつかの時が存在するが、そのひとつは方便としての技術が進み、その技術によって作られた製品が人間の中味と人間社会を二つながら変えた後の世界が描かれている。

言うまでもなく、人間の中味、というのは「自分をなくする」側の議論であり、人間社会、というのは、「善悪最終戦争」の側の議論である。

そしてそもそもなんでそんな議論になるかというと、人間を苦しみから救い出し、此の世をあるべき形に落着させようという人間の意志が此の世に介入するからである。

じゃあ、苦しみ、苦しみと言うが、いったいなにがそんなに苦しいのか。それはまあ、右にも言うように、命が有限だからであるが、それを別の言い方で言うと、意識が肉体のスペックを選べなく、また、肉体が生まれ落ちる環境を選べない、すなわち、苦しみを感じる、人間の意識、があまりにも偶然に支配されて不平等であることに苦しみを感じる、ということである。

これに対しての処方箋《しょほうせん》はこれまで二つしかなかった。それは、「心の持ちようさ」という念仏を唱えるか、金や米があるところから、ないところへ移動させるしかないということで、当然、それには限界があり、何度やってもうまくいかなかった。

そんなことは突き詰めて考えれば、というか、ちょっと考えればすぐにわかることなのだけれども、時は一定方向に流れ、いろんなことが改善されていって、方便としての技術が進み、そして最後には善が悪を討ち滅ぼして王道楽土が建設される、という考えを人間はどうしてもすてることができないので、常に不平等をなんとかしようとしていろんなことをしながら、そのことによって新しい不均衡を作りだしている。

この小説の中でそんなことについてまず思考するのはドンゴ・ディオンムというアフリカ大陸中央部の人である。ドンゴ・ディオンムは例えば「人権」という概念について以下のように考える。

他の種に対しては増やし減らし時に改造しと好き勝手やっているにもかかわらず、

自分たち人間に対してのみその傍若無人さが発揮されない。では、「自分たち」とはなんだ？　人間というカテゴリで絞るなら、例えば人種は関係ないはずだろう。余裕があれば俺を含めた黒人も「自分たち」の範疇《はんちゅう》に入れてもらえるというものだ。しかし、余裕がなくなれば「自分たち」の範囲はどんどん狭まっていき、自分の人種、自分の国、自分の家族、自分、という具合に限定されるのではないか？

このドンゴ・ディオンムの懐疑はきわめて当たり前な懐疑で、そのようにこれまでの方法は無効、ということである。彼はこれに抵抗しつつ、人類の将来について思索した文章を残すのだけれども、その内容こそが、自分をなくすることと、自分を永遠にすること、の合一である。

それはすべての人間から時間を取り去り、個を取り去った、完全平等の実現だけれども、それは今、多くの人が夢想するような、完全に平等な社会ではなく、また、完全に平等な世界でもなく、じゃあなになのかというと、もはや平等ですらない、自分というもの、自分が自分である根拠、他の個体との違いを一切なくした、同一の存在としての、だけど、擬似的な現実はいくらでも選んで生きることができる、というパラメーターが一億個くらいあって、どんな風にでもキャラクターが設定できるから、逆にそのキャラクターの意味がない、的な、ひとりびとりが造物主かつ被造物、みたいな世界で、そこには時間も死も存在しないのである。

これこそが人間の苦しみをすべて解決した、最終的に落ち着いた世界なのだけれども、しかしそこで落着していたのでは小説にならず、さらにそこから先の世界を作者は描く。

だけれども、時間も死もない状態で、そこから先などというものはなく、だから、何かを描くときは同所で見られているはずの異時夢としての過去を描く、ということになる。

そこには血の流れとしての小説的因果が存在するが、それこそがこのボロボロになった時間を辛うじて小説にしている唯《ただ》一つのものである。

そこに存在する幽《かす》かな人間苦が生み出すものこそが、その静止状態を変える「大錬金」なのであるが、それが、血の流れに繋《つな》がる異時夢としての過去に無差別大量殺人として響いていることに戦慄《せんりつ》を覚える。

そしてこの小説を読んだ人はもう気がついていると思うが、ここで描かれる世界ははっきりいって気が狂った世界である。というのは世界がひとつの人格となって一斉に狂っているということで、それは今の自分らから見たら正気の沙汰《さた》ではない。だけど。

今日は、今日こそはなにもしたくないな。っていうか、なにもせずにただ寝そべって暮らせたらどんなにか仕合わせだろう、と思ったことはないだろうか。自分はある。そして、実際にそのようにして、朝日とか夕日とかを眺めて、十秒ほどしみじみした後、そのあまりのしょうむなさ、退屈さ則《すなわ》ち自分自身のしょうむなさ・無内容に驚き呆《あき》れつつ、スマートフォンに手を伸ばす。

だけどそのときそのしょうむなさに向き合わず、なにもしないでいられる人が居たら、それは幸福な人達だし、そこに人生の苦、生存苦が一切ないなら、そこに入ろうと間違いなく自分ならする。

私たちを正しい理解や正しい判断から遠ざけているものは多分、私たち特有の熱狂であろう。その熱狂から距離をおいて、作者はこの小説を書いたと思われる。そしてこれは推測だけれども、そのとき作者は時折はゲラゲラ笑いながら書いたのかも知れない。恐ろしいことである。

願わくば自分もこれをゲラゲラ笑いながら読みたかった。だけどできなかった。その内容があまりにも私と私たちに重なっていたからである。私が十代の頃に書いた歌詞に、「人の海、人の海、人の海、人の海、人間、人間、人間」という一節がある。

もし私が「惑星」の最終結論・内上用蔵《うちがみようぞう》であるなら、その時に存在して以下のように訂正したい。「肉の海、肉の海、肉の海、肉の海、にんげん、にんげん、にんげん、にんげん……」

（二〇二二年一月、作家）

この作品は二〇一四年十一月新潮社より刊行された。

P・オースター
柴田元幸訳
ブルックリン・フォリーズ

「愚行《フォリーズ》の書」を綴り、静かに人生を終えるはずだった主人公ネイサンの思いもかけない冒険の日々——愛すべき再生の物語。

P・オースター
柴田元幸訳
オラクル・ナイト

ブルックリンで買った不思議な青いノートに作家が物語を書き出すと……美しい弦楽四重奏のように複数の物語が響きあう長編小説！

P・オースター
柴田元幸訳
ガラスの街

透明感あふれる音楽的な文章と意表をつくストーリー——オースター翻訳の第一人者によるデビュー小説の新訳、待望の文庫化！

P・オースター
柴田元幸訳
幻影の書

妻と子を喪った男の元に届いた死者からの手紙。伝説の映画監督が生きている？ その探索行の果てとは——。著者の新たなる代表作。

P・オースター
柴田元幸訳
リヴァイアサン

全米各地の自由の女神を爆破したテロリストは、何に絶望し何を破壊したかったのか。そして彼が追い続けた怪物リヴァイアサンとは。

P・オースター
柴田元幸訳
偶然の音楽

〈望みのないものにしか興味の持てない〉ナッシュと、博打の天才が辿る数奇な運命。現代米文学の旗手が送る理不尽な衝撃と虚脱感。

H・P・ラヴクラフト
南條竹則編訳
インスマスの影
―クトゥルー神話傑作選―

頽廃した港町インスマスを訪れた私は魚類を思わせる人々の容貌の秘密を知る――。暗黒神話の開祖ラヴクラフトの傑作が全一冊に！

S・アンダーソン
上岡伸雄訳
ワインズバーグ、オハイオ

発展から取り残された街。地元紙の記者のもとに届く、住人たちの奇妙な噂。現代人の孤独をはじめて文学の主題とした画期的名作。

H・ジェイムズ
小川高義訳
ねじの回転

イギリスの片田舎の貴族屋敷に身を寄せる兄妹。二人の家庭教師として雇われた若い女が語る幽霊譚。本当に幽霊は存在したのか？

H・ジェイムズ
小川高義訳
デイジー・ミラー

わたし、いろんな人とお付き合いしてます――。自由奔放な美女に惹かれる慎み深い青年の恋。ジェイムズ畢生の名作が待望の新訳。

スタインベック
伏見威蕃訳
怒りの葡萄（上・下）
ピューリッツァー賞受賞

天災と大資本によって先祖の土地を奪われた農民ジョード一家。苦境を切り抜けようとする、情愛深い家族の姿を描いた不朽の名作。

フローベール
芳川泰久訳
ボヴァリー夫人

恋に恋する美しい人妻エンマ。退屈な夫の目を盗み重ねた情事の行末は？　村の不倫話を芸術に変えた仏文学の金字塔、待望の新訳！

C・マッカラーズ
村上春樹訳

結婚式のメンバー

多感で孤独な少女の姿を、繊細な筆致と音楽的文章で描いた米女性作家の最高傑作。村上春樹が新訳する《村上柴田翻訳堂》シリーズ。

J・ニコルズ
村上春樹訳

卵を産めない郭公

東部の名門カレッジを舞台に描かれる60年代アメリカの永遠の青春小説。村上春樹による瑞々しい新訳！《村上柴田翻訳堂》シリーズ。

サリンジャー
村上春樹訳

フラニーとズーイ

どこまでも優しい魂を持った魅力的な小説……『キャッチャー・イン・ザ・ライ』に続くサリンジャーの傑作を、村上春樹が新訳！

村上春樹著

職業としての小説家

小説家とはどんな人間なのか……デビュー時の逸話や文学賞の話、長編小説の書き方まで村上春樹が自らを語り尽くした稀有な一冊！

村上春樹著

村上春樹 雑文集

デビュー小説『風の歌を聴け』受賞の言葉から伝説のエルサレム賞スピーチ「壁と卵」まで、全篇書下ろし序文付きの69編、保存版！

小澤征爾
村上春樹著

小澤征爾さんと、音楽について話をする

小林秀雄賞受賞

音楽を聴くって、なんて素晴らしいんだろう……世界で活躍する指揮者と小説家が、「良き音楽」をめぐって、すべてを語り尽くす！

太陽《たいよう》・惑星《わくせい》

新潮文庫　う－24－2

令和四年三月一日発行

著者　上《うえ》田《だ》岳《たか》弘《ひろ》

発行者　佐藤隆信

発行所　株式会社　新潮社

郵便番号　一六二―八七一一
東京都新宿区矢来町七一
電話　編集部(〇三)三二六六―五四四〇
　　　読者係(〇三)三二六六―五一一一
https://www.shinchosha.co.jp

価格はカバーに表示してあります。

乱丁・落丁本は、ご面倒ですが小社読者係宛ご送付ください。送料小社負担にてお取替えいたします。

印刷・大日本印刷株式会社　製本・加藤製本株式会社

ISBN978-4-10-121262-3 C0193